LA NOTTE DEI BERSERKER

LEE SAVINO

LIBRO GRATUITO

Ricevi un libro gratuito, Allevata dai Berserker (solo per i
fan più sfegatati iscritti alla newsletter di Lee)
Clicca qui per cominciare
https://geni.us/BredBerserkersIT

SU QUESTO LIBRO...

Ho una sola notte per incontrare lo stregone...
Una sola notte per distruggerlo...
Una sola notte per spezzare la maledizione dei Berserker...
Una sola notte per salvarli...

Mi svegliai nel bel mezzo di un campo, circondata da guerrieri. L'incantesimo mi aveva portato proprio sulla soglia della fortezza del Re Cadavere. Quando i suoi uomini mi presero, provai a scacciarli via con i miei poteri... ma la mia magia non c'era più. Ero lontana mille miglia da casa mia, una prigioniera tra le mani dei servitori del Re Cadavere, e neanche un briciolo di magia che potesse aiutarmi.

La Notte dei Berserker è un romanzo indipendente che vede come protagonisti **quattro enormi, dominanti guerrieri e una strega** che ha il compito di salvarli e liberarli dalla loro maledizione.

1

YSEULT

L a nebbia fitta bagnava la brughiera, pesante e onnipresente come una mano intenta a stringere, a succhiare via il respiro dalle nostre gole. Corvi sedevano appollaiati sui rami degli alberi mentre camminavo. L'erba secca e gli alberi spogli erano nient'altro che l'ennesima prova di quanto morta fosse quella terra bagnata dal potere malvagio del Re Cadavere.

Il vento si fece più forte, ma io non mi mossi; non tremai, nonostante sentissi freddo. La magia scorreva dentro il mio sangue, scaldandomi le vene mentre la mia pelle veniva invasa dai brividi.

«Ogni giorno va facendosi sempre più forte...» disse una delle mie sorelle più piccole, alzando la testa. «Anche il tempo si piega al suo cospetto.»

«Sh!» l'ammutolì un'altra, un sacchetto pieno di erbe tenuto sul viso, proprio sotto il naso. Neanche i fiori potevano aiutarci, però; la puzza di morte era troppo forte. La sentivo stringersi persino dentro le mie ossa.

Le lasciai, avvicinandomi alle donne intorno al fuoco. Le mie sorelle streghe più grandi erano in piedi in un cerchio stretto, intente a cantare come fossero una persona sola. Le neofite restarono indietro, dando spazio alle più grandi per raccogliere il loro potere e creare l'incantesimo.

Io restai fuori dal cerchio. In silenzio, lasciai soltanto che le mie labbra si muovessero sulle parole del canto.

E dove ci incontreremo nuovamente?
Sotto la nebbia, i fulmini o la pioggia?

Quando l'incantesimo sarà completo,
e la battaglia sarà vinta e persa

Con l'ultimo raggio di Sole,
la luce della Luna rischiarerà l'amore che verrà...

SENTII la fronte aggrottarsi sotto il peso della magia. Il fiato uscì corto dalle mie labbra mentre l'incantesimo partiva, avvolgendomi il corpo come fosse una corda. Persi l'equilibrio per un secondo, e quando riuscii a restare in piedi e aprii gli occhi, trovai quelli di una delle mie sorelle più grandi già puntati su di me.

«Vieni» mi disse, voce bassa. Il suo corpo, una volta ricoperto da una tunica viola, era ora coperto solo di stracci. La pelle rattrappita e l'aspetto consumato, sembrava sul punto di sgretolarsi; ma quando afferrai la sua mano, il suo potere mi riverberò nelle vene. «Sei pronta?»

Annuendo, entrai all'interno del cerchio di streghe. Nonostante il freddo e l'aria notturna, addosso non avevo altro che una stoffa sottile, i capelli a scivolarmi sulla schiena. Le mie braccia e i miei piedi erano completamente nudi.

«Hai purificato il tuo corpo e la tua anima, bambina?» mi chiese la strega più grande tra tutte noi. Io non ero per niente giovane, ma per lei sarei sempre stata una bambina.

«L'ho fatto» risposi, voce chiara. «Con acqua e issopo.»

«Hai bevuto solo vino, mangiato solo miele?»

Io annuii.

«Sei pronta, allora. Camminerai dentro il fuoco.»

Deglutii il groppo che avevo in gola, facendo un passo avanti. La strega tenne la sua mano stretta nella mia, guidandomi con fermezza fino a quando non arrivammo ai piedi del fuoco. Le fiamme mi avrebbero ripulita; avrebbero bruciato ogni singola cosa impura, ogni singolo brutto incantesimo. Era necessario.

Non può farmi del male, ricordai a me stessa quando sentii il calore colpire la mia pelle. La mano della strega mi aiutava e mi guidava, ma se fossi caduta, lei mi avrebbe rimessa in piedi.

Fiamme purificatrici presero a danzarmi intorno, il calore a riscaldarmi il viso. I brividi presero a corrermi per tutto il corpo un'altra volta mentre lasciavo che le fiamme mi bruciassero senza farmi alcun male, il fuoco incantato a leccare la mia pelle senza toccarla davvero.

Una volta arrivata dall'altro lato, presi un respiro profondo, riempiendomi i polmoni di aria fresca. Mi sentivo leggera, svuotata. Uno strumento per qualsiasi incantesimo, il grande potere che le mie sorelle ed io avremmo impiantato dentro di me.

«La purificazione è conclusa. Diamo inizio all'incantesimo.»

Presi il mio posto sulla roccia fredda, mentre tutte le mie sorelle si raggruppavano a cerchio intorno a me. Mani anziane si alzarono in alto, le neofite giovani indietro, testa china, braccia incrociate le une alle altre per protezione.

Regolai il mio respiro, tenendo gli occhi puntati in avanti.

Ce la posso fare.

Tra tutte le mie sorelle, io ero la scelta migliore. Dotata sia di potere che di gioventù, non potevano che scegliere me. Non avevo altra scelta se non quella di farcela; quell'incantesimo era la nostra ultima speranza.

Non seppi quanto a lungo restai lì ad aspettare che la magia mi colpisse. Un minuto, un'ora, forse un giorno ed una notte?

Quando arrivò, però, sentii come se fosse sempre stata lì, dentro di me.

Il potere prese a crescere tutto intorno a me, facendo svolazzare la mia gonna, bagnando la mia pelle come acqua, bruciando come fuoco. Se ci fosse stata qualcosa ancora da purificare, in me, quell'incantesimo se ne sarebbe preso cura. Quando aprii gli occhi, incontrai ancora una volta quelli della mia sorella anziana.

Ce la posso fare.

Il vento si fece più forte, forte come l'ululato di un lupo, opera del Re Cadavere intento a spezzare la nostra resistenza. Il cerchio esterno di neofite perse l'equilibrio solo per un attimo prima di ritrovarlo; le sorelle anziane abbassarono le braccia, e il Cielo sopra di noi si fece immediatamente chiaro, la nebbia sparita. Il Cielo notturno andò dissipandosi proprio di fronte i miei occhi, lasciando spazio a piccoli gioielli che brillavano dei colori dell'alba in arrivo.

Le stelle sembrarono farmi l'occhiolino mentre si ritraevano. *Svelta,* sembravano sussurrarmi. *Unisciti a noi, prima che si faccia giorno.*

Presi un profondo respiro, accettando il potere dentro di me, e mi innalzai anch'io al Cielo, unendomi alle stelle.

2

TRISTAN

Mi alzai, spada in mano, sguainata davanti a me per scacciare via i corvi pronti a graffiarmi. Un campo di battaglia infinito si estendeva proprio di fronte ai miei occhi, pregno di sangue e morte. I miei guerrieri fratelli erano fermi, caduti tutt'intorno a me, le facce sporche, le armature chiazzate di rosso, le armi ancora strette tra le dita. Camminai in mezzo al campo dei caduti, fermandomi quando sentii un sussulto disperato provenire da qualcuno vicino ai miei piedi. Un guerriero era coricato sul fango, le sue interiora riverse sul terreno. Stava morendo, strozzato dal suo stesso sangue. Occhi spalancati e pieni di dolore mi guardavano con una preghiera silenziosa a tingerli, chiedendomi di porre fine alle sue sofferenze. Le mie labbra si mossero in una preghiera silenziosa che nessuno conosceva più mentre la spada tra le mie dita si muoveva verso giù, verso l'uomo per terra, liberandolo dal suo dolore. Restai lì, fermo e in piedi, ancora qualche momento, scacciando i corvi via dal suo corpo ora morto. Il suo viso, giovane e pieno di sangue e coperto di peli e capelli biondi mi sembrava familiare, ma per quanto mi sforzassi non riuscivo a dargli un nome.

Nei miei sogni, continuai a camminare, fino a quando la vista *del sangue e dei morti non fu troppa da poter sopportare; e allora corsi, alla ricerca del buio, alla ricerca della foresta silenziosa e oscura proprio alla fine del campo. Entrai dentro un boschetto, tagliando con la spada i rami che minacciavano di ferirmi in viso. Quando mi ritrovai dall'altra parte, una luce argentea ed accecante sembrò chiamarmi dal mezzo degli alberi. Con essa giunse una voce, che chiamava il mio nome.*

Tristan... Tristan...

Quel tono alto e dolce mi suonava così familiare...

Le ombre sembrarono disperdersi, a quel punto, la luce della Luna ad illuminare improvvisamente il terreno della foresta. Una donna di fronte a me si girò, capelli così chiari da sembrare bianchi ad incorniciarle il viso... ed io mi ritrovai a pensare che qualcuno, forse, aveva finalmente risposto alle mie preghiere.

MI SVEGLIAI con il respiro corto, la voce della donna a rimbombare dentro la mia testa. Tenni gli occhi chiusi ancora per un po', cercando con tutte le mie forze di ricordare i tratti del suo viso, ma, proprio come il sogno stesso, ciò che avevo visto—la foresta, la luce argentea della Luna—anche lei era sparita.

Voci maschili riecheggiavano nell'accampamento. Qualcuno stava raccontando una storia. Lars, sicuramente. E, una volta finita la storia, gli altri scoppiarono a ridere.

Mi misi a sedere, allungando subito le mani alla ricerca delle mie armi ed elmetto, sentendomi immediatamente meglio quando li sentii accanto a me. Ero vivo, e così come me anche tanti altri dei miei fratelli guerrieri. Ma quando finalmente mi alzai e mi feci strada per raggiungerli attorno al fuoco, riuscivo ancora a sentire la puzza di morte tutt'intorno a me e il rumore degli insetti intenti a banchettare sui resti dei morti.

3

YSEULT

L'incantesimo mi spezzò completamente. Sentii le mie stesse urla lasciare le mie labbra mentre il calore dell'incantesimo sembrava strapparmi in due. Persi la vista, le stelle sembrarono scomparire, le mie orecchie vennero riempite del fischio acuto del tempo, dell'alba ormai vicina.

La luce che avevo visto all'inizio si trasformò in oscurità.

Quando mi svegliai, fu con la luce del Sole del primo mattino a bagnare il mio viso. Ero caduta di schiena per terra, e il mio corpo doleva terribilmente. Quando girai il viso, fiori sotto le mie guance presero a solleticarmi la pelle. Il Cielo era chiaro e azzurro sopra di me, e tutt'intorno ero circondata da fiori selvaggi. Niente brutto odore, niente nebbia. Le mie sorelle streghe erano scomparse, insieme al fuoco dentro il quale avevo camminato e i tronchi d'alberi per terra.

L'incantesimo aveva funzionato. Mi aveva mandato... da qualche parte. Era forse questo il posto in cui le anziane volevano che io andassi?

Ancora coricata, con le orecchie tese, ebbi l'impressione

che ci fosse qualcosa che mancava. Osservai il vento spostare le foglie sugli alberi, e fu così che realizzai cosa c'era di sbagliato. Un giorno del genere, chiaro e caldo e bello, doveva essere riempito di musica melodiosa. Intorno a me, però, c'era solo silenzio. Dov'erano gli uccelli?

Voci mormoravano poco lontane da me, parole che non riuscivo a comprendere. I toni erano chiari, però: maschili. Mi alzai lentamente.

Ai piedi del campo si ergeva un castello, le sue pareti alte a torreggiare persino sugli alberi. Alcune figure si muovevano sotto le sue ombre, ma erano troppo lontane perché potessero costituire una minaccia per me.

Il mio problema più grande, in quel momento, erano i due guerrieri intenti a farsi strada in mezzo all'erba alta del campo. Le armi attaccate alla loro vita si scontravano le une contro le altre nei loro movimenti. Pochi passi, e sarebbero stati in grado di vedermi.

Chiamai a me la forza del corvo, aspettando di sentire il familiare formicolio della trasformazione e il peso delle ali una volta completata. Avrei spiccato il volo e sarei andata via velocemente, trovando un posto in alto da dove poter controllare il posto in cui ero andata a finire senza essere disturbata. Una volta capito dove fossi, avrei scoperto quale fosse la mia missione.

I mormorii dei due guerrieri si fecero più chiari, il rumore sempre più forte delle loro armi un chiaro avvertimento della loro vicinanza.

Vieni a me, pensai, chiamando a me il mio potere.

Niente.

Le mie dita si strinsero intorno all'erba con forza, con insistenza, come se così facendo potessi chiedere alla terra di aprirsi e inghiottirmi, nascondermi. La mia forma animale non aveva intenzione di arrivare. Mi sentivo stanca, un po' stordita, ma non così tanto da non riuscire a trasformarmi. Ma quando provai a raggiungere mentalmente la mia magia, non sentii assolutamente nulla dall'altro lato.

Intontita e con il cuore a battere troppo, troppo in fretta, non potei fare nient'altro che restare ferma immobile lì, in mezzo all'erba, mentre i guerrieri si facevano sempre più vicini.

4

IVAR

Avvertii l'odore nel momento stesso in cui mi allontanai dal castello del Re. Dolce come un fiore, ma sconosciuto. I miei piedi presero a camminare verso di esso quasi immediatamente, di loro spontanea volontà, e anche se non avevo detto a Lars il motivo per cui avevo tutta quella voglia di attraversare il campo di fronte al castello, lui doveva essere di buon umore abbastanza da camminare al mio fianco senza pormi alcuna domanda.

«Bella giornata» disse lui, utilizzando la lama della sua spada per tagliare i boccioli di qualche fiore al suo passaggio. Io grugnii in risposta, mantenendomi in direzione di quell'odore senza lasciar intendere a Lars che stessi andando in un punto particolare.

«Sei silenzioso, oggi» rimarcò il guerriero dai capelli chiari al mio fianco, puntellandomi con il suo gomito.

«Ho fatto un altro sogno, la scorsa notte.»

«Fai sempre sogni, tu.»

«Questo era diverso» mormorai. Più vicini ci facevamo

alla buca poco prima degli alberi, più l'odore si faceva intenso. E, per assurdo, allo stesso tempo la mia testa sembrava farsi più chiara, più calma.

«La donna, un'altra volta? Forse è il caso che tu ti faccia un giro giù al villaggio e te ne trovi una.»

«Non voglio nessuna donna.»

Lars sbuffò. «No, tu vuoi solo una creatura fantasma dentro i tuoi sogni. Una fantasia durante le notti più solitarie. Una bella ragazza al villaggio farà scomparire queste pazzie» disse, scoccandomi uno sguardo quando io restai in silenzio, sentendomi in imbarazzo. «Quante volte l'hai sognata, ormai?»

«È più che un sogno.»

Lars sbuffò un'altra volta, e si girò per prendermi in giro, ma, di punto in bianco, le sue labbra si schiusero in una 'O' perfetta. Aveva sentito lo stesso odore.

«Lo—»

«Vieni» dissi, aumentando il passo una volta realizzato che non lo stessi solo immaginando.

E fu in quel momento che la vidi.

Una ragazza con le braccia scoperte. Pelle chiara, capelli dorati così chiari da sembrare quasi bianchi tutt'intorno al suo viso. Era seduta sull'erba alta, e aveva gli occhi enormi fissi su di me.

«Cosa c'è qui?» disse Lars, scattando in avanti, armi in mano. Gli afferrai il braccio prima che fosse troppo tardi. La donna non girò neanche lo sguardo verso di lui: era *me* che stava fissando.

Dentro di me, la sensazione che, se avessi aperto bocca, il suo nome mi sarebbe scivolato via dalle labbra divenne sempre più forte ogni secondo che passava. Non ci eravamo mai visti prima di quel momento, eppure io l'avevo vista milioni di volte nella mia testa... perché la ragazza seduta per terra, in mezzo all'erba alta, era la donna che vedevo ogni notte dentro i miei sogni.

«Cosa c'è lì?» urlò ancora il guerriero. Mi ci volle qualche secondo per riuscire a decifrare le sue parole. La cadenza della sua voce mi era sconosciuta, le parole gutturali e basse. Prima ancora di poter avere la possibilità di alzarmi e scappare via, uno stivale mi tenne ferma dalla veste.

Provai a rotolare su me stessa, e il guerriero ringhiò, il suono a riverberarmi dentro. Mi feci rigida come un ramo, facendomi quanto più piccola potessi contro l'erba.

«Chi è che ha fatto irruzione qui?» chiese ancora il guerriero dai capelli chiari, inclinandosi verso di me. Le sue mani ruvide mi afferrarono il braccio, facendomi alzare in piedi. Provai con tutte le mie forze a richiamare la magia a me, ma il posto in cui una volta c'erano i miei poteri era ora freddo, vuoto.

«Una donna» disse il guerriero dalla barba scura, i suoi occhi a trafiggermi. Tremai come fossi stata trafitta da un coltello.

Chiusi gli occhi, provando ancora una volta ad invocare la mia magia... senza alcun risultato.

«Non dev'essere nient'altro che una ragazza» disse l'uomo con i capelli chiari, le sue dita a scostarmi i capelli dal viso. Io provai a scansarmi dal suo tocco. *Mia Dea, ti prego, aiutami.*

Poi, tutto d'un tratto, lo sentii: pulsante, intento a spingere per raggiungermi, quel puzzo familiare. Era lieve, ma riuscivo a sentire da dove proveniva: la fortezza di fronte a me. Lo avrei riconosciuto ovunque. Quello era il tanfo del Re Cadavere, che doveva aver costruito la sua casa lì.

Il guerriero dai capelli chiari mi spinse contro di sé, ed io abbassai il capo, facendo scivolare i capelli di nuovo di fronte al mio viso per potermi nascondere dallo sguardo penetrante del guerriero scuro. «Vieni, piccola prigioniera. Il Comandante vorrà sicuramente farti qualche domanda.»

Mi spinse in avanti, e prima che potessi cadere per terra il suo compagno mi afferrò dal braccio. Insieme mi trascinarono verso l'enorme muraglia di fronte a noi, verso il male che vi regnava all'interno. Più ci avvicinavamo a destinazione, più il mio cuore pulsava incontrollabile.

Aiutami, Dea, pregai ancora, non potendo fare nient'altro che abbassare il capo in silenzio.

L'incantesimo aveva funzionato, sì; ma a suo piacimento, e nel modo più crudele possibile. Mi aveva lasciata proprio ai piedi della casa del Re Cadavere, facendomi risvegliare ai piedi della sua fortezza. E, ora, i suoi guerrieri mi avevano in pugno.

E come se non bastasse, ero priva dei miei poteri. Che fosse stato l'incantesimo o il potere del Re Cadavere così vicino, non lo sapevo. L'unica cosa che sapevo era che mi ritrovavo completamente indifesa di fronte al nemico.

Qualsiasi cosa mi aspettasse quel giorno, o il giorno dopo, se fossi riuscita a sopravvivere fino ad allora... avrei dovuto affrontarla senza la mia magia.

LARS

L a donna non aveva alcun potere contro di me o il mio compagno, le sue braccia fragili strette nel nostro pugno. Continuava a inciampare, ed io dovetti tenerla in piedi più di una volta, la mia espressione seria e arrabbiata e gli occhi puntati al castello. Chi era questa donna, e come aveva fatto ad arrivare così vicina alla nostra fortezza?

Calmati, Lars, mi disse Ivar dentro la mia testa. *Non è una minaccia.*

Quasi ringhiai in risposta. Il mio compagno riusciva a parlare dentro la mia testa; un regalo lasciatogli alla nascita dalla madre, che era una strega. Io non possedevo quella stessa abilità.

Quando la donna inciampò un'altra volta, il suo profumo mi si schiantò addosso. Respirai profondamente, godendomi quell'odore pregiato.

Ora capivo perché Ivar aveva preso d'un tratto a comportarsi in maniera strana. Aveva sentito l'odore della donna prima di me, e aveva aspettato che lo sentissi anch'io. Odiavo quanto mi teneva nascoste le cose.

Ti chiedo scusa, fratello. Non ero certo di sapere cos'avessi sentito. Non volevo offenderti.

Quella sua educazione mi fece venire soltanto più voglia di ringhiare. La nostra prigioniera aveva l'aria di essere debole, ma il suo viso era troppo familiare, e quel suo odore la rendeva strana. Pericolosa, persino.

Il suo odore libera la mente dalla Bestia... come può essere, questo, pericoloso?

Quella volta ringhiai davvero. C'era qualcosa che non quadrava; la magia era vicina.

Mi fermai di scatto, scuotendo la nostra prigioniera con forza. Lei si morse il labbro, ma non proferì parola.

«Piano!» mi ammonì Ivar quando afferrai il mento della ragazza.

«Chi sei?»

Lei non rispose, ma i suoi occhi presero a bruciare quando incontrarono i miei, guardandomi male. Era molto attraente, anche se un po' troppo magra. Le sue fattezze erano forti, un po' troppo forti e selvagge per poter essere considerate bellissime, eppure quella sua bocca ampia, quegli occhi chiari e quei capelli dorati quasi bianchi che le cadevano oltre le spalle la rendevano tremendamente attraente.

«Lars?» mi richiamò Ivar, e fu così che mi resi conto di essermi perso a fissarla.

«Chi sei? Perché sei venuta?» le chiesi ancora, sentendomi completamente inerme di fronte a quel viso deciso e silenzioso. Odiavo sentirmi così. Aveva un viso così familiare... ma dove avrei mai potuto vederlo, prima di quel momento?

«Me lo dirai!» le dissi, scuotendola ancora, ma lei incassò in silenzio un'altra volta. Era più forte di ciò che poteva sembrare.

«Fratello» disse Ivar, di fronte a me. «Qual è il problema?»

«C'è qualcosa che non va» dissi, perché era vero. La mia mente era libera, calma, serena come non era mai stata. Ogni singolo giorno mi svegliavo con un ronzio impossibile da acquietare dentro la testa—certi giorni era così forte da non permettermi neanche di pensare. Era sempre lì, anche quando riuscivo a far finta che non ci fosse.

Ma quando avevo sentito l'odore di quella donna, improvvisamente il ronzio era sparito.

Un urlo dalle porte della fortezza mi fece capire che eravamo stati avvistati. Un contingente di guardie prese a marciare verso di noi, senza dubbio per scoprire chi fosse la nostra prigioniera.

Lars, ascoltami bene. Questa mattina ho sentito un uomo urlare dal dolore, disse Ivar dentro la mia testa. *E quell'urlo mi ha svegliato. Ho dovuto toccare più volte le mie labbra, controllare tra i miei ricordi, per assicurarmi di non essere stato io ad emettere quel suono.*

Strinsi con forza le labbra. Sapevo benissimo a cosa si stesse riferendo. Con ogni nuova Luna, altri guerrieri perdevano completamente la testa a causa della maledizione che ci era stata inflitta.

Questa donna... c'è qualcosa di speciale, in lei, disse Ivar, accarezzandosi la barba.

«E questo la rende strana» dissi, burbero. Entrambi continuammo a guardare la nostra prigioniera dal viso pulito e dai capelli chiari e selvaggi. La sua fronte prese ad aggrottarsi come se stesse provando dolore, i suoi occhi grigi a guardarci senza riuscire a focalizzarsi su di noi. Fatata... non avrei avuto alcun problema a crederla una fata, arrivata qui da un altro reame.

E alla nostra mercé, adesso, disse Ivar dentro la mia testa.

Io mi girai a lanciargli un'occhiataccia. A volte mi convincevo che riuscisse a leggermi nella mente, e non solo a parlarci dentro. Lui alzò le mani in segno di resa e, subito dopo, un gruppo di uomini si avvicinò a noi.

«Lars, che cosa hai trovato?» mi chiese uno di loro, di nome Gaul.

Io mi girai a guardarlo con riluttanza, mettendomi tra lui e la donna, come fossi uno scudo. Una parte di me voleva proteggerla... eppure, i miei sospetti e le mie paure l'avevano portata proprio al cospetto delle guardie del Re. Se il Comandante l'avesse ritenuta pericolosa, allora i guerrieri l'avrebbero fatta a pezzi.

Feci in modo che la mia voce lasciasse le mie labbra con leggerezza e tranquillità. «Un fiore dal buonissimo odore. Ivar ed io l'abbiamo trovato a sbocciare proprio accanto al castello del Lord.»

«Ora che lo dici, ha davvero un buon odore» disse Gaul, ridacchiando. «Che cosa è?»

«Una creatura fatata» dissi io, scrollando le spalle, e i guerrieri risero.

«Non è una creatura. È una donna» disse Ivar, usando la sua voce ancora una volta. E, al suono della sua voce, la donna si girò immediatamente a guardarlo.

YSEULT

U na voce si fece largo oltre il rombo doloroso dentro la mia testa. Un uomo dalla barba scura stava parlando con me, i suoi occhi marroni dritti nei miei. Ero circondata da guerrieri vestiti di armature di metallo ed elmetti che scintillavano sotto la luce del Sole. Mani ruvide mi stringevano.

«Rispondici» ringhiò qualcuno—il guerriero biondo che mi teneva. Ero intrappolata in mezzo a due guerrieri, uno dai capelli chiari, l'altro dai capelli scuri e la carnagione abbronzata, la barba curata ad incorniciargli la mascella.

«Come?» chiesi, rendendomi conto con sollievo di avere ancora una voce.

«Che cosa ci fai qui?»

Mi leccai le labbra. «Vi prego, non intendo far del male a nessuno.»

«Fate largo al Comandante!» urlò qualcuno più avanti, e i guerrieri di fronte a me si divisero in due file per far passare un guerriero più alto di tutti loro, che aveva addosso un elmo scintillante e un mantello rosso. Tutti quanti gli uomini di fronte a me si fecero rigidi, accogliendolo con un pugno sul loro petto.

«Guardate cosa abbiamo trovato» disse un guerriero.

«Comandante.» Il guerriero dalla barba scura accanto a me si fece avanti, la sua voce profonda quasi melodiosa, capace di calmarmi. «Lars ed io stavamo pattugliando il perimetro quando abbiamo trovato questa donna. Abbiamo ragione di credere che non abbia fatto altro che perdersi, trovandosi così proprio di fronte casa del nostro Lord. Non è una minaccia.»

«No? L'avete già interrogata?»

«Sembra essersi appena svegliata da un sonnellino, è intorpidita, confusa.» L'uomo poggiò una mano sulla mia spalla, stringendola. Per rassicurarmi? Per intimarmi di stare in silenzio?

Io non proferii parola comunque, sperando che il Comandante mi reputasse indifesa.

«Capisco. Non ho mai visto un abitante del villaggio farsi largo verso il castello. Non di propria volontà.» Il Comandante si girò a guardarmi, e... quando i nostri occhi si incontrarono, sentii dentro di me qualcosa scoppiare, prendere fuoco. Quando vidi i suoi occhi spalancarsi, capii che doveva averlo sentito anche lui—una scarica di potere dentro di sé. Provai ad afferrarla dentro di me, ma era già troppo lontana, lasciandomi lì a tremare come fossi stata appena punta. Mi morsi il labbro, per tenere a bada le urla.

«Hai detto che l'avete trovata coricata sul campo?» chiese un uomo dallo sguardo severo, proprio accanto al Comandante.

Nel frattempo, il Comandante si era fatto più vicino, il viso inclinato mentre prendeva un profondo respiro. «Cos'è quest'odore meraviglioso?»

«Comandante, se posso—» cominciò Ivar, ma fu interrotto dalla mano dell'uomo di fronte a noi.

«Portatela dentro la mia tenda» disse il Comandante, girandosi per andare via, il suo mantello a svolazzare intorno a lui.

«D'accordo, ragazzina. Adesso sì che ti devi preoccupare» disse il guerriero severo. Mi afferrò il braccio con forza, spingendomi in avanti, facendomi piegare il piede. Io urlai di dolore.

«Fai attenzione» lo rimproverò con tono glaciale il Comandante, girandosi a guardarlo con la fronte aggrottata. I suoi occhi color miele incontrarono i miei un'altra volta.

Lasciai che gli uomini mi spingessero, provando intanto con tutte le mie forze a ritrovare i poteri dentro di me. Non avere magia era doloroso tanto quanto non avere un braccio, o una gamba, qualcosa di vitale che non potevo fare a meno di provare ad utilizzare anche senza averla. Quanto tempo era passato dall'ultima volta in cui avevo sentito la mia magia scorrere dentro di me, in attesa solo di essere utilizzata? Mi sentivo completamente nuda, spogliata del mio potere.

Gli uomini mi scortarono verso una tenda alla fine del campo, che da lontano sembrava piccolissima se messa a confronto con l'enorme fortezza di pietra dietro essa. Lì, altri guerrieri erano fermi in posizione di guardia, e il terreno lì era rovinato; i fiori spariti.

«Dentro» disse il Comandante, facendosi da parte dopo aver aperto una parte della tenda per farmi entrare. Quando lo guardai un'altra volta, immediatamente mi resi conto di cosa lui fosse: il suo elmo aveva quella forma particolare che sembrava voler richiamare i guerrieri di un tempo, che avevo visto disegnati su murali molte volte. Centurioni, li chiamavano. Capi degli uomini. Conquistatori.

O l'incantesimo mi aveva teletrasportata in un posto in cui agli uomini piaceva vestirsi come i guerrieri di tanti anni fa, oppure ero stata portata mille anni indietro. Se dovevo tirare ad indovinare, l'ultima doveva essere la risposta giusta. Mi sentii stringere lo stomaco. Non avrei dovuto fingere di essere debole, ora; lo ero davvero.

Il Comandante strinse le braccia al petto. Per un lungo momento si limitò a studiarmi. «Potete lasciarci» disse poi, parlando con gli altri tre guerrieri.

«Signore—»

«Adesso, Gaul» ordinò ancora. «Penso di riuscire a cavarmela con una sola donna.»

Gli uomini si portarono i pugni in petto un'altra volta, allontanandosi dalla tenda.

Il Comandante non tornò a guardarmi direttamente, eppure sentii la sua curiosità addosso come se mi stesse toccando, un tocco pungente, tagliente. Tremai.

«Chi sei?»

Chiusi gli occhi al suono della sua voce. Per qualche motivo mi era familiare, così profonda e ricca, forte. La sentii così a fondo, dentro di me, che quasi persi l'equilibrio.

«Se non mi rispondi, dovrò trovare un modo per scioglierti la lingua io stesso.»

Mi guardai intorno, dentro la tenda. C'era un calderaio spento proprio al centro, e tutt'intorno il pavimento era pieno di armi di fattura a me sconosciuta. Non l'avevo mai vista prima. Non ero più nel mio paese; non ero più neanche nella mia epoca.

Dea mia... Le mie sorelle sapevano cosa sarebbe successo una volta completato l'incantesimo? Cosa avevano fatto?

Mi sentii mancare il terreno sotto i piedi. Dovevo cercare

di mantenere la calma; era l'unico modo che avevo per assicurarmi di sopravvivere.

«Siediti pure» disse il Comandante, indicando una sedia.

Quando alzai lo sguardo su di lui, sorpresa della sua gentilezza, lui scrollò le spalle. «Se cooperi, mi assicurerò che non ti succeda niente di brutto.» Fece un cenno verso la sedia un'altra volta, ed io mi lasciai andare contro essa, ancora sorpresa. Non stava mentendo.

«Chi sei? Perché ti sei ritrovata così vicina al castello del Re?»

Io mi schiarii la gola. «Che Re?»

«Re Lycaon.»

Annuii lentamente. Avevo sentito quel nome prima di quel momento, in una delle leggende che le mie sorelle streghe raccontavano. Era uno dei servitori del Re Cadavere.

«Sei strana o semplicemente di basse origini? Questi due sono gli unici motivi per cui potresti ritrovarti a non sapere chi è il mio Re.»

«Dove mi trovo?» chiesi.

Il Comandante si liberò dell'elmo. Capelli scuri, occhi scuri, un viso forte e tagliente, guance scavate e belle, e una fossetta sul mento.

Mi sentii mancare il respiro. In qualche modo, per qualche motivo... lui mi era familiare. E lui, di rimando, mi stava guardando come se stesse provando esattamente la stessa cosa. Ma era impossibile... chiunque lui fosse, aveva vissuto ed era morto secoli e secoli prima che io nascessi.

«Ti sei persa?»

«Ero in viaggio» risposi lentamente. «Devo aver perso la strada.»

«E quando perdi la strada, ti capita spesso di coricarti su un prato qualunque per dormire?»

Decisi di non rispondere a quella presa in giro.

«Qual è il tuo nome?»

Esitai per un attimo. Nel mio mondo, nel mio tempo, i nomi avevano grandi poteri. Ma lì, in quel posto, in quell'epoca... io non ne avevo alcuno. «Yseult. E il tuo?»

Anche lui sembrò esitare un attimo, ma riuscii a percepire che la sua ragione non fosse per niente simile alla mia. «Tristan» mormorò con riluttanza, come se quel nome non gli fosse familiare, come se non lo accettasse. Come se l'avesse dimenticato.

«E sei il Comandante dell'armata del Re?»

Il suo stivale si agganciò improvvisamente al piede della sedia sulla quale sedevo, e lui mi si fece tanto, troppo vicino. «Perché mai una semplice ragazza vorrebbe sapere una cosa del genere?»

«Vorrei sapere chi è l'uomo che mi ha catturata.»

«L'uomo che ti ha catturata è il Re in persona. Io ne faccio solo le veci. Te lo chiederò un'altra volta... che cosa ci fai qui?»

«Posso assicurarti che non ho alcuna cattiva intenzione. Non voglio far del male a nessuno.»

«Questa è una cosa che spetta a me, decidere» disse, allontanandosi da me di colpo. «Guardie!» chiamò, e i due uomini che mi avevano portata da lui, quello biondo e quello scuro, mi furono ancora una volta ad entrambi i lati, le loro mani sulle mie braccia. Tristan uscì fuori dalla tenda. «Portatela con me.»

«Comandante...» lo chiamò l'uomo barbuto e scuro.

«Sì?» Gli occhi del Comandante scattarono immediatamente su di lui, e anche se non su di me, riuscii a sentirne la forza fin dentro le ossa. Quell'uomo aveva tanto potere.

Il guerriero accanto a me mantenne il suo sguardo con non poco dispiacere. «Dove la porterete?»

«Ha oltrepassato il confine del villaggio ed è entrata in

terra del Re. Potrebbe essere una spia.» Il Comandante si fermò. «La vuoi difendere, Ivar?»

Il guerriero dai capelli biondi all'altro mio lato guardò il suo compagno con la fronte aggrottata.

Ivar sembrò soppesare molto le sue parole, prima di parlare di nuovo. «No.»

«Bene. Allora venite» ordinò il Comandante per l'ultima volta, e quando si girò, il suo mantello fece una giravolta intorno a lui.

TRISTAN

La luce del Sole batté sui capelli della donna, trasformandoli in fiamme di ghiaccio. La luce le accarezzò il viso, gli occhi chiari, il naso dritto e quella bocca piena che mi stava facendo perdere la testa. Dentro di me, riuscivo a sentire di conoscerla, e rincorrevo dentro la mia testa quella sicurezza che, però, continuava a sfuggirmi dalle dita. Ma quando alla fine aveva aperto bocca... ad accarezzarmi le orecchie fu quella stessa voce che mi tormentava durante la notte, dentro i miei sogni.

Tristan. Ogni singola notte, lei mi chiamava. Senza di lei avrei dimenticato il mio nome tanto, tanto tempo fa.

A volte mi trovavo a domandarmi se non fosse più semplice, dimenticare e basta. Era pericoloso, continuare a sperare. Era pericoloso permettersi di provare sentimenti.

«Comandante.» Mi ritrovai Ivar al fianco, il suo tono basso. Incontrai gli occhi del mio guerriero fratello, sempre serio. Sotto la sua barba, le labbra gli si piegarono verso il basso, con preoccupazione. «Fai attenzione. Questa qui potrebbe essere più di quel che sembra.»

«Lo so. Riuscirò a scoprire tutti i suoi segreti.»

«Fai attenzione» ripeté ancora. «Alcune cose è meglio lasciarle nascoste.»

Considerai le sue parole. La madre di Ivar aveva il dono della vista. Mi chiedevo spesso quanto di quel dono fosse riuscita a passare al figlio. «Sai qualcosa su di lei?»

Lo vidi passare il peso del suo corpo da un piede all'altro. «Mi è... familiare.»

«Sì, anche a me lo è» gli confessai prima ancora di capire cosa stessi dicendo. Non mi andava di raccontare i particolari dei miei sogni, o incubi, a nessuno, neanche a Ivar che, tra tutti, era quello che più mi avrebbe capito. «Ed è strano, non è così?»

«Però...» Ivar distolse lo sguardo dal mio, provando a difendere la ragazza. «Non significa niente. Potrei anche averla vista al villaggio. Potrebbe essere una ragazza ordinaria. Dovremmo lasciarla andare.»

«Non c'è niente di ordinario, in lei.»

Le spalle di Ivar si afflosciarono. Sapeva anche lui che avevo ragione.

«È arrivata quasi ai piedi della fortezza del nostro Re senza essere vista, senza essere fermata. E c'è qualcosa di... fatato, magico, nel suo odore.» Non fatato—bellissimo. Ma dopo tutto quel tempo sotto l'influenza della magia nera, un odore bello e fresco non poteva che essere considerato sospetto. Per dare così tanto conforto, doveva essere anche tremendamente potente. «Non posso semplicemente lasciarla andare.»

Dopo essersi guardato intorno per un po', Ivar semplicemente annuì. Feci cenno ai due uomini di muovere il passo, e mi preparai mentalmente a cominciare il mio interrogatorio, per scoprire chi fosse quella ragazza, perché in lei sembrava esserci più di ciò che voleva lasciar intendere. Forse, se fossi stato rumoroso abbastanza, sarei riuscito

anche a placare Gaul. Forse, in quel caso, sarei riuscito a
non farlo correre dal Re a denunciare la sua presenza. Forse,
in quel modo sarei riuscito a farla andare via. Anche adesso
riuscivo a vederlo marciare lungo le pareti della fortezza, il
suo viso distorto dall'eccitazione malvagia al pensiero di ciò
che le avremmo fatto se non avesse collaborato. Uno dei
guerrieri aveva una corda di pelle in mano, e la fece scoc-
care, il rumore a riverberare nell'aria. La donna tremò, ma
restò in silenzio. Gaul sorrise.

Feci cenno ai guerrieri in attesa di andare via, e presi il
loro posto. La mia corda era legata sotto il mantello, intorno
alla mia cinta. Non volevo usarla, ma l'avrei fatto se mi ci
avesse portato. Sarebbe stato meglio, comunque, fare spettacolo di quel mio interrogatorio. E, più di tutto, la mia corda e
i miei colpi sarebbero stati meglio, per lei, di quelli di
chiunque altro.

Meglio di quelli del Re, che l'avrebbe lasciata morire, al
mio posto.

YSEULT

Ai piedi dell'alta muraglia era montata un'impalcatura di legno completa di assi, oltre le quali oscillava una singola corda. Il guerriero dai capelli biondi mi tenne ferma mentre il suo compagno all'altro mio lato mi legava i polsi con essa. Una volta finito, allungarono le mie braccia in su, oltre la mia testa, appendendomi proprio all'impalcatura e lasciandomi, così, a pendere per aria. Ero appesa come fossi carne da macello, lasciata alla mercé del Comandante.

Tristan si avvicinò a me, il suo mantello cremisi a svolazzare dietro di lui. Aveva rimesso l'elmo in viso; con quello addosso, sembrava crudele e pronto ad uccidere.

Mi morsi il labbro, provando con i piedi a trovare qualcosa su cui poggiarli per trovare sollievo.

Per qualche minuto, le guardie non fecero altro che limitarsi a guardarmi soffrire. La bocca del guerriero di nome Gaul era inclinata in una smorfia cattiva, un finto sorriso. «Questa è la parte in cui preghi di essere risparmiata», mi fece sapere.

Risparmiata? Perché mai avrei dovuto pregare? In quel

momento, non avevo più neanche un obiettivo. L'incantesimo che le mie sorelle mi avevano gettato addosso mi aveva teletrasportata indietro secoli prima del mio tempo, e senza magia. Loro mi aspettavano dall'altro lato, ma la verità era che non aspettavano il mio ritorno; no, quello che aspettavano davvero era una mia parola, una notizia da parte mia che potesse dire loro come sconfiggere il Re Cadavere.

Improvvisamente, il Comandante afferrò una manciata dei miei capelli, portandomi la testa indietro.

«Per favore» sussurrai. Se avessi avuto i miei poteri, tutti loro sarebbero già morti in un istante.

«Perché sei qui?»

«Sono stata mandata. Non ho intenzione di fare del male a nessuno.»

«Sei stata mandata come tributo?»

Io scossi la testa.

«Dov'è la tua gente?»

«Siamo stati separati.»

«Ti hanno lasciata qui con uno scopo specifico?»

Non potevo mentire. Mi morsi il labbro.

Il mio interrogatore prese a scuotermi leggermente il capo dai capelli. «Hai intenzione di arrecare danno a questa fortezza?»

Scossi la testa un'altra volta. No alla fortezza; neanche ai guerrieri al suo interno. Non ero neanche stata mandata per *uccidere* il Re Cadavere, perché farlo avrebbe sconvolto le leggi del tempo. Avevo soltanto un compito, uno solo: trovare l'incantesimo in grado di fermare lo stregone e tornare indietro nel mio tempo. Dovevo solo riuscire a sopravvivere abbastanza a lungo da poter mandare il messaggio alle mie sorelle.

Non potevo morire lì, in quel momento. Non ancora.

Il Comandante lasciò andare i miei capelli, accarezzandoli senza neanche rendersene conto. La mia treccia era ormai disfatta, ma almeno i capelli erano ancora puliti. Per la maggior parte. Vidi il Comandante afferrare qualche filo d'erba secca dal terreno, perso nei pensieri.

«Che tipo di gente manderebbe una ragazza innocente a spiare?» mormorò.

«Sta dicendo la verità» gli disse il guerriero dai capelli scuri che mi aveva portata qui. Ivar, lo chiamavano. Mi guardava ancora con attenzione, senza sbattere mai le ciglia, come un corvo. Evitai di incrociare il suo sguardo; non volevo che vi vedesse all'interno più di ciò che avevo intenzione di far vedere. «Non ha ancora detto neanche una bugia.»

«Magari è davvero stata mandata come tributo dalla sua gente» disse il guerriero dai capelli biondi. «È una ragazza giovane. È illibata.»

Tristan sbuffò e si allontanò da me, ma il guerriero biondo si fece più vicino.

«Lars» richiamò Ivar, tono d'avvertimento, e anche se il guerriero si fermò immediatamente, continuava a guardarmi con sempre più interesse. Alzò il viso all'insù, sniffando l'aria.

«Hai mai sentito un odore così delicato? È da perderci la testa.» Lars prese di nuovo ad avvicinarsi a me, uno sguardo confuso, offuscato sul suo viso. I miei piedi presero a muoversi contro il terreno, con l'intento di scostarmi il più possibile. Stava succedendo qualcosa, qualcosa che io non riuscivo a comprendere. Il guerriero si sporse verso di me, prendendo una forte boccata d'aria, così forte che i miei capelli si mossero con essa.

«Comandante» chiamò Ivar, e il guerriero dal mantello rosso si girò immediatamente verso di noi.

«Lars.»

L'ordine freddo e duro nella sua voce riuscì a tirare Lars fuori da quella sua strana trance. Scuotendo la testa, il guerriero tornò alla sua postazione.

Tristan riportò la sua attenzione su di me. «Dicci da dove vieni. Qual è la tua terra?»

«Alba. Oltre l'oceano» gli dissi, e i tre guerrieri aggrottarono la fronte. Quell'espressione era così simile in tutti e tre i loro visi, che mi chiesi mentalmente se per caso non avessero qualche antenato in comune.

«E dov'è?»

«Dove siamo, qui?» chiesi.

«Non sai qual è il regno di Lycaon?»

Scavai dentro i miei ricordi, alla ricerca dei racconti che avevo sentito dalle mie sorelle. «Arcadia?»

I guerrieri si scambiarono uno sguardo.

«Ho sentito che Re Lycaon veniva da Arcadia prima di cominciare i suoi viaggi verso nuove terre. Terre che poi ha conquistato.»

«Il suo regno è vasto. Il suo potere impareggiabile» disse Gaul.

«E i suoi guerrieri sono leggendari» dissi, provando a sorridere, ma il dolore alle braccia lo fece uscire più come una smorfia che altro.

«Allentate le corde» ordinò il Comandante.

Gaul fece un passo indietro, come scottato. «Ma—»

«Adesso.»

Gli occhi marroni del Comandante presero a studiarmi da dietro l'elmo. Provai con tutte le mie forze a mantenere un'espressione stoica, ma quando sentii la corda allentarsi e i miei piedi tornare di nuovo a toccare il terreno, non potei trattenere il sospiro di sollievo che lasciò le mie labbra.

«Che cosa ci fai qui?»

Devo trovare un incantesimo che possa uccidere il vostro Re.

Che possa fermare lo stregone da tutto il male che ha già compiuto nel mio tempo. Quella era la vera risposta; qualsiasi altra sarebbe stata una bugia, e quei guerrieri l'avrebbero saputo.

Il vento mi spostò di lato mentre aspettavo, in silenzio.

Con un sospiro, il Comandante sganciò qualcosa dalla sua cinta, tenendola sotto il mio mento. Una corda fatta di lacci intrecciati. La usò per portarmi la testa indietro. «Non ho nessuna voglia di rovinare un corpo bello come questo.»

«Lo farò io!» offrì Lars.

«No» disse Gaul. «Sappiamo tutti quanto sei bravo con la corda. Per quando avrai finito, lei avrà sentito più il tocco del vento che dei tuoi colpi.»

«Silenzio!» ordinò il Comandante. Lars mi fece un occhiolino.

Ivar si schiarì la gola. «Comandante... forse dovremmo semplicemente lasciarla andare.»

Dissenso prese a viaggiare lungo tutte le fila di guardie.

«Lasciar andar via un possibile rischio alla vita del nostro Re?» chiese Gaul.

«È una ragazza!» ribeccò Lars.

«È pericolosa. È arrivata fino a qui, e deve essere punita.» Gaul fece un giro su se stesso, guardando la folla, come avesse appena fatto un annuncio. Il suo tono alto attirò l'attenzione di altri guerrieri. Io abbassai il capo, sentendo riverberare dentro di me la loro sete di sangue. Mi volevano nuda e rossa dei loro colpi di corda, se non per altro che per divertimento.

«Basta!» urlò il Comandante, e la folla immediatamente si acquietò. «Gaul. Torna al tuo posto.»

Il Comandante si avvicinò a me, il suo viso a pochi centimetri dal mio.

«Vuoi tornare a casa, dalla tua gente?»

Io annuii.

«Allora dimmi chi sei... dimmi qual è il tuo obiettivo, qui.» Il suo respiro mi riscaldava la pelle. «Se mi rispondi, posso lasciarti andare», sussurrò al mio orecchio.

Sbattei le palpebre, guardandolo negli occhi. Ancora una volta, mi ritrovai sorpresa di scoprire che non stava mentendo. Voleva davvero lasciarmi andare.

Mi leccai le labbra.

«Comandante» chiamò Gaul. «Se non avete la forza di interrogarla, prenderò io il vostro posto» disse, avvicinandosi a noi. «Il Re non vorrebbe che ci andassimo piano con una spia.»

Tristan si girò a guardarlo con occhi infuocati, e per un attimo temetti che li avrei visti arrivare alle mani, o peggio.

«Comandante» lo chiamò Lars, spezzando il silenzio e la tensione per un momento. «Dovremmo testarla.»

Lo stavo immaginando, oppure le spalle di Tristan avevano appena fatto un grande, grande salto verso il basso?

«Tutte le ragazze devono essere testate per vedere se sono adatte. È ordine del Re» disse, e tutti presero a concordare con Lars.

«Molto bene. Qualcuno prenda la pietra» ordinò Tristan. Ivar e Lars fecero il loro saluto e presero a marciare verso la tenda. Il viso di Gaul era impregnato di disappunto. Non avevo dubbi che ciò lui desiderava era vedermi nuda e sofferente, magari anche morta.

«Tornatene al tuo posto. È l'ultima volta che te lo dico» gli ordinò Tristan, la voce fredda. Mi sentii investire dal sollievo quando il guerriero cattivo si allontanò, ritornando al suo posto. Ma quando vidi Tristan farsi più vicino, mi tesi nuovamente.

«Avresti dovuto rispondermi. Avrei potuto salvarti» mormorò il Comandante, gli occhi scuri. E quelli, insieme alle sue parole, mi fecero provare più terrore di qualsiasi altra cosa lui avesse detto prima.

I guerrieri che mi avevano trovata tornarono da noi, Lars con in mano una scatola. La aprì di fronte a me, e da essa uscì fuori un fascio di luce. Io strinsi gli occhi, incapace di guardare altrove mentre Ivar prendeva l'oggetto dalla scatola e lo portava avanti. Tristan gli fece cenno di avvicinarsi.

«Per favore...» dissi, l'istinto a fare muovere il mio corpo come per scappare mentre Ivar alzava la pietra lucente. Era di un bianco latte, e al suo interno qualcosa si muoveva. Quando la portò dritta davanti il mio viso, un bagliore accecante si liberò da essa, accecandomi. Qualche guerriero tra le file urlò.

Io scossi la testa, sbattendo le palpebre ancora e ancora per riprendermi mentre Ivar allontanava la pietra.

«Reagisce alla sua presenza», disse.

Il viso del Comandante si fece duro e tirato, un'ombra a gettarsi sulla sua espressione.

«La donna sarà portata al cospetto del Re.»

MAGNUS

Insetti ronzanti svolazzavano sopra la mia testa. Li scacciai via con la mano senza neanche aprire gli occhi, e provai a sputare via il sapore amaro che avevo in bocca. Poi vomitai; non era sapore, era puzza, ed era tutt'intorno a me. Puzza simile al fango, come lo avessi addosso, come ne fossi ricoperto, come se fosse entrato fin dentro di me.

Dovevo andare via.

Mi pulsava la testa. Il Sole era brutale, alto nel Cielo, intento a sbattermi in faccia. Alzai la mano per riparare i miei occhi da esso, e grugnii. Il mio corpo era dolorante.

Dove mi trovavo? Dov'erano i miei fratelli?

Mi alzai in piedi e il rumore ronzante degli insetti si fece più forte, più frenetico.

Non erano api, come avevo inizialmente pensato, no. Erano mosche.

Ero in piedi, da solo, nel bel mezzo di un campo insanguinato. Con gli occhi mezzi coperti, feci un passo avanti e quasi scivolai lungo il terreno coperto di sangue. Poi la luce si fece meno forte, e riuscii a vedere altro, oltre il sangue; corpi, riversi lungo il pavimento di fronte a me.

All'inizio, pensai subito si trattasse dei miei fratelli. Ma i loro visi erano troppo giovani, la pelle troppo liscia, anche nella morte.

Non era un campo di battaglia, quello su cui mi trovavo, ma un semplice campo verde, e tutt'intorno a me ero circondato da edifici ormai distrutti. Fumo s'innalzava dai pochi detriti rimasti. Strizzai gli occhi contro il Sole un'altra volta, ma quando li riaprii non vidi ancora nessun guerriero, e nessuna persona ancora in vita. Nessun altro, solo io.

Mi mossi, e il mio piede colpì qualcosa: accanto ad esso c'era la mia spada. Ghost-maker, l'avevo chiamata, sempre al mio fianco e sempre fedele quando scendevo in battaglia per combattere a servizio del Re.

Perché, adesso, era sporca di sangue? Contro chi avevo lottato? Chi avevo ucciso?

Mi girai, quasi scivolando sul terreno insanguinato.

La puzza che sentivo non era quella tipica della battaglia; era quella della carneficina. Non c'era stato alcun nemico, qui. Solo ragazzi troppo giovani per combattere. Ragazzi che, adesso, non erano altri che corpi morti, riversi sul terreno. Ero stato io ad ucciderli? Non riuscivo a ricordarlo.

Le mosche presero a muoversi più veloci, quel loro ronzio a farmi perdere la testa. Se non l'avessi già persa, certo. Se ciò che avevo di fronte agli occhi era indicazione di qualcosa, allora ciò significava che avevo combattuto fino a perdere conoscenza, accasciandomi per terra senza neanche ripulire la mia spada.

Ero un grande guerriero. Avevo già avuto un assaggio dell'adrenalina che portava la battaglia, più di una volta.

Ma ogni singola volta, ad affrontarmi c'erano stati altri guerrieri, bravi come me. Forti come me. Mai ragazzi innocenti come quelli che mi ritrovavo adesso ai piedi, senza vita.

Che cosa era successo prima che mi svegliassi? Cos'avevo fatto?

Dov'era finito il mio onore?

Mi accasciai a terra, senza più forze, lasciandomi andare al peso dei caduti che mi ricadeva sulle spalle.

11

YSEULT

F u il Comandante stesso a scortarmi all'interno, spingendomi in avanti con una mano forte stretta intorno al mio braccio.

Più ci avvicinavamo ai cancelli, più il mio cuore batteva incontrollato dentro il petto, così forte da fare male; così male da farmi perdere il respiro. Qualsiasi protezione avesse messo il Re Cadavere intorno a questa fortezza, a quest'intera area, eraforte abbastanza da cancellare ogni singola traccia della mia magia.

Ironico, in un certo senso, essere stata completamente svuotata della mia magia durante il viaggio che mi aveva portata lì. Ero venuta a cercare un modo per sconfiggere il Re Cadavere, per fermarlo, e adesso mi ritrovavo lì, indifesa e sola, quasi ai suoi piedi.

Ormai vicini alle sbarre di legno, mi muovevo più grazie a Tristan che a me stessa. La sua espressione era fredda e cupa mentre mi scortava oltre le righe dei guerrieri. Riuscivo a sentire la sua rabbia, ma la presa della sua mano sul mio braccio, per quanto decisa, era gentile.

«Comandante» lo salutarono alcuni di loro, e dalle sue

labbra non uscì altro che un piccolo cenno di riconoscimento.

«Tieni» mi disse, prendendo un pezzo di stoffa e gettandomelo tra le mani. «Tieni il viso coperto.»

Feci ciò che mi aveva ordinato, portando la stoffa sulla mia testa fin oltre il mio mento. Tenni lo sguardo sul terreno, ma riuscivo comunque a sentire gli occhi di tutti i guerrieri su di me al nostro passaggio.

E poi, proprio oltre i cancelli, un ringhio sferzò l'aria e un mostro scattò dalle ombre proprio verso di me. Denti affilati luccicarono sotto la luce del Sole, la bestia—un uomo dalle fattezze da gigante, coperto di pelo—ringhiò e fece scattare i suoi artigli verso di me.

Mi congelai sul posto. L'aria si riempì di un suono forte e ronzante. Riuscii a vedere lo stormo delle mosche, simil impazzite, intente a svolazzargli intorno.

Un braccio forte mi spinse di lato, distogliendomi da quella vista, lontano dal mostro impazzito.

I guerrieri presero ad urlare.

«Prendetelo!» ordinò Tristan, urlando, stringendomi contro il suo corpo. Le guardie si mossero immediatamente per obbedire, scattando contro il guerriero impazzito, che immediatamente prese a ruggire come sfidandoli, mandandoli in aria.

«Tenetelo fermo!» Lars ed Ivar scattarono in avanti, schivando i colpi della bestia e girandogli intorno fino a quando non riuscirono ad afferrargli le braccia. Una volta fermato, altri guerrieri si avvicinarono per tenerlo fermo, le loro lance a punta contro di lui. Lame di spada colpirono la sua pelle, facendo uscire sangue. La sua bocca era ancora aperta, ancora intenta a ruggire, ma i suoi occhi erano fissi su di me.

Io urlai quando la sua aura selvaggia sembrò toccare la

mia. Magia infetta e piena di rabbia lo stava consumando dall'interno.

Qualsiasi cosa fosse quel mostro, una volta era stato un uomo.

Lars ed Ivar continuarono con tutte le loro forze a tenerlo fermo quando lui provò a scattare di nuovo verso di me.

«Portatelo dentro le segrete!» urlò Tristan.

Lars ed Ivar ripeterono l'ordine per tutti gli altri, poi tirarono la bestia via, di nuovo dentro le ombre dalle quali era venuta fuori.

Completamente svuotata delle mie forze, sentii il mio corpo cadere indietro, sbattere contro Tristan. Mi ritrovai tra le braccia del Comandante, ancora spaesata.

Tristan mi scortò all'interno di un piccolo edificio attaccato alle mura della fortezza. La stanza era piena di guerrieri i cui occhi si poggiarono immediatamente su di me.

«Fuori» ordinò loro Tristan, e dopo aver portato il pugno al petto in segno di saluto, loro andarono via.

Non avevo più il velo che avevo messo addosso.

«Bevi questo» disse Tristan, ed io accettai il bicchiere d'acqua fredda con riconoscenza. Il mal di testa che mi aveva preso da quando ero arrivata sembrava essere andato via nel momento in cui avevo visto la bestia, probabilmente scacciato via dalla visione di quell'uomo adesso mostro. Ero riuscita a sentirlo, intrappolato dentro la sua testa in una battaglia, incapace di tirarsi fuori.

Rabbrividii e provai a concentrarmi sull'acqua che stavo bevendo, poggiando i piedi per terra per far fermare la stanza che sembrava avere tutta l'intenzione di continuare a girare, altrimenti.

Quando alzai di nuovo lo sguardo, Tristan mi stava guardando attentamente.

«Chi era quell'uomo?» chiesi quando ritrovai la mia voce. «Che cosa gli è successo?»

Tristan scosse la testa. «Ti chiedo scusa per ciò che è successo. Il mio uomo non è più se stesso, ormai. Ti terrò al sicuro all'interno di queste mura.»

«Mi hai appena legata ad un'impalcatura per interrogarmi, e adesso ti scusi per il quasi attacco da parte di uno dei tuoi uomini?»

«Adesso sei un'ospite del Re.»

Assottigliai gli occhi, ma non dissi altro. La mia testa si stava finalmente svuotando. C'era stato qualcosa, in quell'incontro avuto con quell'uomo, che sembrava avergli fatto cambiare idea su di me.

«Sono lieta di accettare l'ospitalità del Re» dissi, con un po' troppa formalità. Ma se seguivano le regole dell'ospitalità anche qui dentro, allora ciò significava che sarei stata più al sicuro dentro quelle mura che fuori, considerata una spia. «E fornirò il mio aiuto dentro la sua casa. Posso aiutarlo.»

«Nessuno può aiutarlo. Men che meno tu» rispose lui, prendendo a camminare, il mantello a danzare attorno alle sue gambe. «Devi aiutare te stessa, principalmente. Comincia dicendomi da dov'è che vieni, e chi sei.»

«Signore, non sono altro che una ragazza—»

«No, non lo sei. Hai illuminato la pietra.»

«Che cos'era?» chiesi, prima ancora di riuscire a fermarmi. «La pietra.»

«Non sei di queste parti» disse Tristan, scuotendo la testa. «Se lo fossi stata, l'avresti saputo senza bisogno di chiedere. Ogni donna che si avventura qui o che viene trovata deve essere portata al cospetto del Re. Se lui ti ritiene soddisfacente, potrebbe decidere di tenerti come una delle sue mogli.»

Trattenni il respiro.

«Sì» disse lui, sentendo la mia paura. «E adesso sai perché non volevo testarti. Se avessi parlato prima, avresti potuto salvarti.»

Presi a mordermi il labbro mentre Tristan si avvicinava a me.

«Dovresti avere delle scarpe» mormorò.

Nascosi i miei piedi nudi sotto l'orlo della mia veste. Tristan fece un passo indietro per un attimo, e chiamò uno dei suoi uomini. Quando tornò da me, si sedette e prese a guardarmi.

«So di averti già vista da qualche parte.»

«Mi dispiace, mio signore» sussurrai. «Non sono mai stata qui prima d'ora. Devi credermi» dissi, quando lo vidi alzarsi.

«È questo il problema. Che ti credo. Per qualche motivo, ti credo» disse, porgendomi altra acqua. Un colpo alla porta lo fece allontanare di nuovo.

«Tieni» disse, in mano un paio di stivali. «Sono sicuramente troppo grandi per te, ma è il paio più piccolo che i miei uomini potevano trovare.»

«Io—» ero senza parole, era ciò che volevo dire. Non riuscivo a credere alla sua attenzione. «Grazie.»

Per mia sorpresa, però, Tristan non mi lasciò le scarpe. Invece, s'inginocchiò e prese in mano i miei piedi, uno alla volta, facendoli scivolare dentro gli stivali. La sua dolcezza e gentilezza mi riscaldarono da capo a piedi.

«Dimmi di quel guerriero che ho visto adesso» gli dissi. «Che cosa gli è successo per fargli perdere la testa? È appena tornato dalla battaglia?»

«Non abbiamo ragione di scendere in battaglia da ormai centinaia di anni» disse Tristan, la voce stanca. «Perché vuoi sapere del mio guerriero? Cosa può importartene?»

«Ho visto uomini come lui, prima. Uomini resi matti dalla battaglia. Da dove vengo, questi guerrieri sono chiamati Berserker. È stato fatto loro un incantesimo. Ognuno di loro ha dentro di sé la forza di dieci uomini, venti, anche, ma quella loro forza ha un costo. La pazzia della Bestia arriva durante la battaglia, ma a volte resta... anche dopo.»

«Sì.»

«È questo che è successo al tuo guerriero, oggi?»

«È da tanto tempo che combatte contro la sua pazzia.»

«La battaglia più difficile è quella che avviene all'interno. Io potrei essere in grado di aiutarlo.»

«Come?»

«Ho qualche capacità curativa.»

«Sai curare la mente?»

«Da dove vengo io, i Berserker trovano conforto nel tocco di una donna.»

Tristan inarcò un sopracciglio. «Vorresti toccarlo?»

Strinsi i pugni intorno alla stoffa della mia veste. «Se può aiutarlo, potrei essere disposta a provare.»

Alzandosi, il Comandante scosse la testa. Ancora una volta prese a marciare avanti e indietro, facendo volare il suo mantello dietro di lui. «Fare qualsiasi cosa non farebbe altro che prolungare la sua sofferenza.»

«Preferisci vederlo morire?»

Tristan non rispose.

«Fammi provare» dissi, alzandomi, mettendo più forza nella mia voce di quella che sentivo realmente all'interno.

Tristan scosse la testa.

«Comandante.» Ivar e Lars entrarono nella stanza. Erano una coppia strana, uno scuro, l'altro chiaro, eppure non avevo dubbi che stessero insieme per la maggior parte del tempo. «Il prigioniero è adesso al sicuro.»

Lo sguardo di Ivar passò dai miei piedi fino al mio viso prima di salutare il Comandante.

Lars, invece, restò fermo a fissarmi. Sentii un lampo di dolore dentro la testa, ma andò via velocemente com'era arrivato. Con un sorrisetto, distolse lo sguardo e si rivolse al Comandante. «Stai ancora interrogando la ragazza?»

Tristan si girò a guardarmi prima di rispondere. «Ha detto che potrebbe aiutare il prigioniero.»

Sia Ivar che Lars fecero scattare lo sguardo su di me, parlando all'unisono. «Come?»

«Conosco qualcosa sulle arti curative» dissi, quando Tristan mi fece capire che avrei dovuto rispondere da sola.

Lars sbuffò, ma Ivar, al contrario, mi guardò pensieroso.

«La malattia prende la sua mente» disse, accarezzandosi la barba. «Esiste una cura per questo?»

Avrei voluto dire loro che non era una malattia, ma nient'altro che il risultato della magia nera dello stregone, ma tenni quella risposta per me. Non avrei fatto altro che farli sospettare di me; si sarebbero chiesti cosa ne avrebbe potuto sapere, una semplice ragazza come me, di stregoni e magia.

«Se anche potessi aiutare il prigioniero—»

Lo interruppi, girandomi a guardare Tristan. «È normale, per voi, chiamare uno dei vostri uomini prigioniero invece di usare il suo nome?»

«Non è più se stesso.»

«E non ci tornerà mai, se continuerete a trattarlo come uno sconosciuto.»

«Che ne sai tu, della pazzia dei guerrieri? Ci conviviamo ormai da anni» dichiarò Lars, come scottato. «È meglio tagliare via l'arto infetto, per evitare che la pazzia si propaghi oltre.»

«Non è un arto infetto. È nostro fratello» mormorò Ivar.

Nessuna speranza, sentii dentro la mia testa, pronunciato

senza usare la voce. *Anni a combattere contro questa pazzia e nessuna speranza.*

I tre guerrieri si stavano guardando a vicenda. Lars aveva la mano sulla sua arma.

Io restai seduta in silenzio, le labbra pressate l'una contro l'altra. Il mio cuore doleva per quegli uomini, che erano più vicini di semplici guerrieri. La magia che dava loro potere era come veleno, intento a strisciare e strisciare dentro di loro fino a fargli perdere completamente la testa.

«Molto bene, Milady» disse Tristan, apparentemente deciso. «Ti porterò alle segrete. Ma se gli fai del male—»

«Non ho alcuna arma, e sono solo una semplice ragazza» dissi, allargando le mani. «Potrei non essere neanche in grado di aiutarlo. Posso solo promettervi che ci proverò.»

12

LARS

Mentre il Comandante scortava via la donna, Ivar si girò a guardarmi, l'espressione frustrata a bagnargli il viso. «Perché hai portato a galla la pietra?»

Io scrollai le spalle contro la sua rabbia. «Volevo salvarla.» In tutta sincerità, non avevo la minima idea del motivo per cui mi ero ritrovato a parlare.

«Sarà portata al cospetto del Re.»

«Sopravvivrà!» ribeccai. Ivar imprecò, ma io non allentai il passo. Per qualche motivo, avevo bisogno che quella donna mi restasse accanto; avevo bisogno di saperla al sicuro.

«Potrebbe decidere di sposarla!» mi ricordò Ivar, e fu in quel momento che realizzai il mio errore. Il desiderio prese a stringersi intorno al mio petto, insieme al dolore. Volevo tenere quella donna vicina a me, bagnarmi del suo odore. Non volevo lasciarla nelle mani del Re.

«Non mi sono mai sentito in questo modo prima d'ora», gli dissi.

«Neanche io. Mia madre mi ha raccontato di una donna destinata ad essere la mia compagna, una volta.»

«Tua madre?» chiesi, aggrottando la fronte. La madre di Ivar era morta di parto.

«In un sogno» mi spiegò lui. «Mi ha detto che sarebbe arrivata una donna, un giorno, con capelli bianchi come luce, che ci avrebbe salvati dalla pazzia, diventando la nostra compagna.»

«Capelli bianchi come luce» ripetei, ripensando al colore chiari dei capelli della nostra prigioniera.

«Una donna toccata dalla Dea. Mia madre era una di quelle donne. Anche la tua. Hanno poteri.»

«È magia, questa, allora? Quello che sento sembra reale.»

«Perché lo è. Penso che questa donna sia esattamente quella di cui parlava mia madre.»

«Ma quando incontrerà il Re...»

Ivar annuì mesto. «Lui brama la magia di queste donne. Userà i suoi stessi poteri per intrappolarla. E noi abbiamo giurato di servirlo» mormorò, a bassa voce, nient'altro che un respiro.

«È inutile, fratello» gli dissi, il dolore che provavo dentro il petto scritto sui suoi occhi. «Non è destinata a stare con noi.»

YSEULT

Camminai a testa alta mentre Tristan mi scortava attraverso il castello. Le pareti di pietra erano pulite e vuote, prive di gente se non per alcune guardie ad ogni arco che subito salutavano Tristan al nostro passaggio.

Il coraggio che sentivo durò soltanto fino a quando il Comandante si fermò di fronte ad una grande porta di ferro. Tirò fuori dalla tasca una chiave e la aprì, spingendola in avanti, la porta ad aprirsi con un cigolio sinistro. La puzza all'interno m'investì immediatamente—puzza di morte e magia nera.

Quando esitai sui miei passi proprio di fronte la porta, lui si fermò con me.

«Non devi farlo per forza.»

«No» dissi, costringendomi ad essere forte. «Voglio farlo.»

Maledissi me stessa e le mie parole ad ogni passo verso le segrete. L'aria dentro il tunnel si fece via via più spessa e fredda, le ombre a danzare come mostri lungo le pareti.

Tristan tenne la mano sul mio braccio per tutto il tempo.

Si avvicinò a me, e quasi mi sembrò volesse prendermi tra le sue braccia per tenermi al sicuro.

Più avanzavamo nella nostra discesa, più difficile mi veniva, respirare.

Due ombre si fecero avanti, avvicinandosi. Sussultai, gettandomi sul fianco di Tristan, che mi tenne ferma. «Sono solo le guardie» mi tranquillizzò lui, mentre le ombre si allontanavano dalle tenebre e si mostravano per ciò che erano: guerrieri, uomini.

«Comandante» mormorò uno, in saluto. Tristan abbassò il capo e parlò con loro, ma io riuscii a malapena a sentirlo oltre il rumore assordante del ronzio che avevo nelle orecchie.

«Da questa parte» mi disse lui, e io camminai come fossi spinta, fermandomi proprio di fronte la bestia che era il prigioniero. L'uomo era alto, più alto del Comandante stesso, alto quanto un orso. Per quanto avesse forma di uomo—per la maggior parte—puzzava come un animale. Il suo petto nudo era pieno di muscoli che scendevano verso una vita stretta, e si allungavano poi in gambe altrettanto muscolose, fasciate da vestiti. Le sue braccia erano coperte di pelo, e le sue mani avevano una forma di mostro, come zampe di animale allungate per sembrare dita, culminanti in lunghi artigli malvagi.

Dea, aiutami tu, pensai. Almeno il suo viso era ancora quello di un uomo. Quando mi avvicinai, vidi il suo petto alzarsi ed abbassarsi come fosse appena tornato da una maratona.

«Milady» mi avvertì Tristan, ed io mi fermai proprio di fronte al guerriero, guardandolo. La sua espressione passò dal malvagio, all'addolorato, al curioso. Le catene che lo tenevano fermo erano troppo piccole per fare davvero qualcosa. Forse sarebbero state della giusta misura se avesse avuto forma completamente umana, ma adesso stringevano così tanto sulla sua pelle da fare male. Energia strana pulsava dentro di lui—quell'aura malvagia a gettarsi sopra di me, facendomi sentire il bisogno di sussultare un'altra volta. La Bestia dentro di lui voleva soltanto liberarsi, venire fuori.

Per un attimo solo, mi girai dall'altra parte, prendendo un bel respiro. Quando riportai lo sguardo su di lui, il prigioniero prese a studiare il mio viso mentre io studiavo di rimando il suo, intelligenza umana ad illuminare i suoi occhi scuri.

Sentii la speranza tornare con forza dentro di me. Mi feci avanti. «Come ti chiami?»

Tristan provò a rispondere, ma io alzai immediatamente la mano per interromperlo, tenendo gli occhi fissi sul guerriero spezzato.

Le sue labbra si aprirono piano. «Non ho un nome» gracchiò. Il suo braccio si mosse contro le catene strette.

«Acqua» dissi, facendo cenno alle guardie.

«Milady...» esitarono loro.

«Fate ciò che dice» ordinò Tristan.

Aspettai fino a quando non tornarono, poi presi dalle loro mani il bicchiere, avvicinandomi ancora di più al guerriero impazzito. Le sue braccia si mossero contro le catene quando mi avvicinai, come volesse andare via. Trattenni il respiro, cercando di non inalare il brutto odore. La sua barba era sporca, il suo corpo ricoperto di fango, ma la puzza non aveva nulla a che vedere con lui, più con la magia che infettava il suo spirito.

Allungai il braccio, alzando il bicchiere verso le sue labbra, sperando di vederlo bere. Vidi la sua gola muoversi, i suoi occhi bruciare dentro i miei. Il suo viso era contorto dalla rabbia, infestato, ma i suoi occhi era lucenti, accesi dal fuoco del suo spirito. Avrei sognato quegli occhi per tante, tante notti. Ne ero certa.

«Milady, perché sei venuta?»

«Hai un nome. Tua madre deve avertene dato uno.»

«Io—io non me la ricordo.»

«Provaci» dissi, facendo un altro passo avanti, e per un momento l'aria avvelenata e quel ronzio malvagio andarono via. Il guerriero alzò la testa, e vidi la sua fronte rilassarsi un po'. Poggiai una mano sula sua guancia, e immediatamente sentii Tristan muoversi proprio al mio fianco, fermandosi lì, come a ricordarmi che lui era lì e che ero al sicuro mentre io mi avvicinavo sempre di più al guerriero tormentato.

«Ti amava tanto» gli sussurrai. «Sente la tua mancanza anche adesso.» Il guerriero chiuse gli occhi quando portai le dita sulle sue sopracciglia, come una mamma farebbe con il suo bambino. «Ricordati di lei.»

Vidi le sue labbra muoversi, ma da esse non uscì fuori neanche un suono. Feci un passo indietro, pronta a vedere uscire fuori la magia nera dentro di lui; ma questa non arrivò mai. L'incantesimo, per il momento, sembrava essersi disciolto.

«Dormi tranquillo» mormorai, facendomi largo verso le scale.

«Milady» mi salutarono le guardie, facendo un piccolo inchino con la testa al mio passaggio.

Mantenni la mia forza e il mio corpo rigido fino a quando non arrivai ai piedi delle scale, dove mi lasciai andare, pronta a cadere. Tristan mi afferrò immediatamente, braccia forti come acciaio ad alzarmi in aria, ed io lo lasciai fare, sciogliendomi contro il suo petto ampio.

Mi portò in braccio fino al piano superiore, ed io mi rilassai quando la magia nera dello stregone andò dissipandosi.

«È così che lo stregone tratta i suoi leali guerrieri?» chiesi, scuotendo poi subito la testa con severità. «Lascia perdere. Non dovrei parlare—»

Tristan portò un bicchiere alle mie labbra. Non pieno d'acqua, ma di alcol, che bruciò dentro la mia gola e lungo tutta la sua discesa dentro il mio corpo.

«Lui era il mio guerriero migliore» mi confessò Tristan. «Riesco a tenere questi uomini in forma per la battaglia, ma non posso fermare...» E così smise di parlare, ed io lasciai cadere la mia testa sul suo petto. La sua agonia, il suo dolore, mi colpirono fin dentro il cuore. Chiusi gli occhi, prendendo aria.

Un tocco sul mio viso mi fece irrigidire.

Tristan gettò delicatamente indietro i miei capelli. «Lo hai aiutato.»

«Non ne sono certa. Quel posto...» mi fermai, rabbrividendo. «Ha bisogno di più cure. Ma, almeno, penso di avergli dato un po' di sollievo.»

Tristan mi studiò attentamente, gli occhi nei miei, per così tanto tempo che, ad un certo punto, sentii il bisogno di chiedergli che cosa stesse pensando.

«Ti ringrazio, Milady» disse, facendo un passo indietro dopo avermi rimessa sui miei piedi, tornando formale. «Adesso ti mostro la strada verso le tue stanze.»

14

YSEULT

Tristan mi offrì il suo braccio, ed io accettai di buon grado, lieta di avere qualcuno a cui aggrapparmi per ritrovare la forza. Mi scortò oltre le segrete, attraverso i corridoi cavernosi, passando attraverso archi sotto cui erano posizionate sempre delle guardie. Anche se salutavano Tristan al nostro passaggio, riuscivo a sentire i loro occhi seguire me, soprattutto quando Tristan prese a scontarci verso un corridoio coperto che si affacciava su un atrio. Le guardie di sotto si girarono all'unisono, come fossero una sola persona, i loro pugni a trovare immediatamente i petti per salutare il loro Comandante. Senza forze e indifesa, ancora tremante per l'incontro con il guerriero maledetto, mi sentii tremare sotto i loro sguardi. Tristan poggiò la mano sulla mia schiena, facendomi calmare e guidandomi con forza lungo il nostro cammino allo stesso tempo.

«Va tutto bene» mormorò. «Non ti faranno del male.»

Cercai con tutte le mie forze di non far vibrare la mia voce di paura quando alla fine gli chiesi, «Com'è possibile che si girino a salutarti anche se non stiamo facendo alcun suono?»

«Perché riescono a sentire te» disse lui, umore nella sua voce. «Non ti faranno del male» ripeté, scortandomi verso un'altra grande porta, fatta di legno e metallo. «Non glielo permetterò.»

Un'altra chiave, e la porta si aprì. Oltre alla serratura, sulla porta era stata messa una grande sbarra all'interno. Che servisse per tenere dentro me, o loro fuori... non ne avevo idea.

Le stanze erano silenziose e fredde, e odoravano leggermente di menta e lavanda. Le stanze delle donne. Ma non ne avevo vista alcuna, però, durante il nostro cammino, e non avevo visto nessun altro se non i guerrieri.

«Il Re ha servitori, oltre le guardie?»

Tristan spinse la porta fino a quando non si chiuse, intrappolandoci dentro.

«Il Re non ha alcun bisogno di avere servitori umani» rispose lui, voce bassa, oltrepassandomi e facendomi cenno di seguirlo. Le stanze convergevano l'una con l'altra, il soffitto basso e qualche finestra aperta che dava sul giardino interno. Un piccolo santuario, proprio al centro del castello.

«Sarai al sicuro, qui» mi disse Tristan, e mi ricordai della sbarra sulla porta dal lato interno. Le stanze erano decorate —sedie intarsiate e arazzi sul muro che lo coloravano di verde e blu. Il suono d'acqua corrente riempiva l'aria—una fontana, forse. Quel rumore non faceva altro che sottolineare il silenzio tra di noi.

Tutto intorno a me era pulito, neanche un briciolo di polvere, ma l'aria era spessa e pesante, quasi come se queste stanze non fossero state usate da tanto, tantissimo tempo.

«Quanto tempo è passato dall'ultima volta in cui lo stregone ha preso moglie?» chiesi.

Lui si fermò sotto l'arco del giardino. «È passato un po' di tempo.»

«Tutte le donne che si avvicinano alla fortezza vengono portate al cospetto del Re?»

«No, Milady. Solo quelle in grado di far accendere la pietra.»

Adesso ero Milady, per lui, a quanto sembrava.

«Che cos'è quella pietra?»

«Il Re la usa per scovare le donne meritevoli. Ci sono certi tipi di donne che lui... preferisce.»

«E quali sono questi tipi?»

«Donne con certe... qualità. Sono speciali.»

«Toccate dalla Dea» aggiunsi, e non la feci suonare come una domanda.

Vidi i suoi occhi spalancarsi leggermente. «Sì.»

Con un dito tracciai la decorazione dorata su una sedia. «Abbiamo un termine specifico per questo tipo di donne, nel mio tempo.»

«Nel tuo tempo?»

«Nella mia terra, intendevo» mi corressi. «Nel posto dal quale provengo.» Che sia dannata la mia lingua lunga e sciolta. Non ero solita commettere errori di quel genere. Dovevo essere terribilmente stanca.

Mi poggiai sulla sedia. «Profetesse, le chiamiamo. Donne toccate dalla Dea, che posseggono certe e naturali... qualità.» Magia.

«Non streghe» disse Tristan, e neanche quella era una domanda.

«No. Donne che posseggono una magia naturale, che non devono chiamare a sé. Non streghe.» Donne come me— o come una volta ero anch'io, prima che le rune e i riti bruciassero le mie doti naturali, rimpiazzandole con i miei poteri.

Poteri che io, ora, non possedevo più. «La pietra deve essere in grado di riconoscerle.»

Tristan inclinò la testa, un sì silenzioso. Non sembrava sorpreso o sospettoso alla realizzazione che sapevo. Più... sollevato.

Se rispondi, posso lasciarti andare.

Il Comandante prese a studiare l'arazzo raffigurante un trio di donne—ninfee—intente a danzare su un campo di fiori bianchi. Una scena felice, eppure l'espressione sul suo viso era seria e cupa.

Poteva forse essere che lui conoscesse il destino delle giovani donne che venivano portate a palazzo per essere presentate al Re? Durante il mio tempo, le mie sorelle mi avevano detto tutto. Per diventare lo stregone che era, il Re Cadavere sacrificava le sue mogli. Se non lo faceva, allora queste morivano a causa della sua magia.

Quelle stanze erano state una volta piene di donne. E adesso erano vuote, eccezion fatta per me. Trattenni il respiro. Tristan sapeva del destino che mi attendeva, e aveva provato a salvarmi da esso.

Quando mi avvicinai a lui con coraggio, lui mi guardò sorpreso. «Posso vederla un'altra volta? La pietra?»

Sperai con tutte le mie forze di aver avuto ragione. Tristan sembrava volermi aiutare, salvarmi. Se non avessi avuto questa sicurezza, non avrei tentato la mia sorte.

Lo vidi esitare prima di allungare la mano sulla sua maglietta e tirare fuori una piccola catena. Una luce pallida sfrecciò di fronte a noi quando alzò la collana—la pietra color latte a fare da pendente—prima che la lasciasse sulla mia mano.

«È la stessa pietra» mi disse.

La tenni tra le mie mani, aspettando di vederla prendere vita. Dopo un momento, la vidi illuminarsi di luce, seppure molto più fievole rispetto alla pietra più grande che avevano utilizzato per testarmi.

Tristan si schiarì la gola. «Mia madre la chiamava Pietra Lunare. Questa era sua, e lei l'ha data a me.»

«È bellissima» dissi, girandola tra le mani, ammirandola da tutti i lati. Il mio viso era illuminato dalla sua luce clemente.

Tristan mi si fece molto più vicino, il suo respiro ad accarezzarmi la pelle. Feci un passo indietro, dando indietro la collana. «Grazie.»

I suoi occhi restarono sul mio viso mentre la riportava al collo, ed io non riuscii a leggere il suo sguardo.

Mi leccai le labbra, sentendomi improvvisamente strana. Era curiosa, questa sensazione... ma, forse, ero solo stanca e spaesata, senza i miei poteri.

«La pietra... si illumina soltanto di fronte alle profetesse?»

Un cenno del capo, sì, i suoi occhi ancora su di me. Mi sentii investire dal calore da capo a piedi. Quasi non mi toccai le guance, i seni, come per assicurarmi di non star luccicando come la pietra.

Ritrovai la mia voce solo dopo un po'. «Sai come tua madre ne è entrata in possesso?»

«L'ha sempre avuta, da quando sono nato» disse, inclinando la testa poi. «Hai detto al mio guerriero di ricordare sua madre.»

«Sì.»

«Perché?»

«Io—io non lo so.»

Tristan mi guardò così intensamente, che quasi sentii il bisogno di nascondere il viso tra le mani e sfuggire da quei suoi occhi. Non ero abituata a sentirmi così indifesa, così toccata. «Mi è sembrata la cosa giusta.»

Fu a quel punto che i suoi occhi lasciarono i miei. «La maggior parte dei miei guerrieri non ricorda le loro madri. Almeno, non dopo tutto questo tempo.»

Perché lo stregone usava la magia oscura, e quel tipo di magia impregnava di malvagità tutto ciò che c'era intorno, corrodeva la loro memoria, il loro umore.

«Tua madre—tu la ricordi?» gli chiesi.

«Sì» disse lui, dopo un po'. «A volte.» Prese un'altra volta la collana in mano, prendendo a giocare con la Pietra di Luna. «Avere qualcosa che apparteneva a lei... questo mi aiuta.»

Tra le sue mani la pietra non luccicava, ma da essa sembrava riverberare un piccolo mormorio contento. La sentii, allora, la sua energia—forte, pulsante. Tristan doveva essere forte, per riuscire a tenersela vicina. Certo che doveva essere forte; era a capo di schiere di guerrieri, del resto. Eppure era stato comunque in grado di sopportare la pazzia della Bestia per tutto quel tempo.

«Sono lieta che tu abbia qualcosa che le appartenga» dissi.

«Anche io» disse lui all'improvviso, come fosse stato in una trance per tutto quel tempo e si fosse solo in quel momento ripreso. Nascose la collana un'altra volta. «Il guerriero che hai visto... credi davvero che possa riprendersi dalla sua pazzia? Che la sua mente possa schiarirsi di nuovo?»

«Non lo so con certezza» dissi, deglutendo, mandando una preghiera silenziosa al povero prigioniero. «Ma dovevo provare.»

«Molti lo avrebbero semplicemente lasciato morire» mi disse, e i suoi occhi tornarono sui miei con una tale intensità che mi fece sperare di poter essere coraggiosa abbastanza da chiedergli cosa c'era, lì dentro, che lui sembrava riuscire a vedere.

«Non se lo merita.»

«No? È un guerriero. È stato lui a scegliere questa strada.»

«No» dissi, e poi continuai, voce più soffice, «no... questa pazzia, non è stato lui a sceglierla. È stata lei a scegliere lui.» Se era stato lo stregone a compiere quel rituale per trasformarli in Berserker, allora era sua la colpa. Ma non potevo esattamente puntare il dito contro il Re di Tristan.

«Alcuni dicono che noi guerrieri ci siamo nati, così. Che è la nostra forza sul campo di battaglia, la nostra maledizione.»

«Essere forti ed essere buoni sono due cose che possono coesistere», offrii io.

«Lo spero, Milady.» Ancora una volta, il suo sguardo sembrò entrarmi dentro, ed io pensai che, forse, nelle mie parole aveva sentito e visto più di quanto io avessi voluto fargli vedere e sentire.

«Comandante.»

Ivar e Lars apparirono sotto l'arco. Tristan ed io ci allontanammo l'uno dall'altro. Finalmente libera dal suo sguardo, mi toccai il viso, chiedendomi se forse la pietra non aveva finito con l'influenzarmi tanto quanto la mia presenza influenzava lei. Il mio cuore batteva all'impazzata. Ignorando i guerrieri, mi avventurai in giardino per sciacquarmi le mani con l'acqua della fontana.

«Milady» mi richiamò Tristan. «Devo lasciarti per un po'.»

Io annuii, e lui mi saluto come i suoi guerrieri salutavano lui prima di girarsi e andare via. Il suo mantello si girò con lui, ed io restai a guardarlo un po' stupita, persa, capace solo di sentire il mio cuore battere forte.

«Milady» mi salutò Lars, con un cenno del capo. Aveva un sorrisetto divertito a curvargli le labbra, ma non uno cattivo. «Come trovate i vostri alloggi?»

«Beh...» cominciai io. «Più di ciò che mi sarei aspettata.»

«Anche tu sei più di ciò che uno si aspetterebbe a prima occhiata.»

Inclinai un sopracciglio, sentendomi un po' più a mio agio con quelle sue battute.

Ivar si schiarì la voce. «Se preferisci avere un po' di privacy, resteremo solo di guardia alla porta.»

Pensai ancora una volta alla sbarra sulla porta. «Ho bisogno di guardie?»

«È meglio non lasciarti sola.»

«Ci sono tanti pericoli all'interno di questo castello?»

«No. Solo noi» disse Lars, scoccandomi un sorrisetto, ed io quasi sorrisi di quella sua giovialità.

«Non *noi,* Milady» disse Ivar. «Mai noi. Ma alcuni degli altri guerrieri...» Non concluse la frase. Guardai la sua guancia, trovando un taglio inflittogli probabilmente dal prigioniero durante la sua cattura.

«Lo capisco. Sono grata di avere la vostra protezione.»

«E noi siamo grati a te per ciò che hai fatto» mi disse Ivar.

Lasciai andare uno sbuffo d'aria. «Non ho ancora fatto nulla.»

«Ci hai provato. È più di quanto si possa dire di chiunque altro.»

«Siamo davvero grati» ripeté Lars. «Qualsiasi cosa tu abbia bisogno, siamo a tua disposizione.»

«Lo siete?» dissi, facendo le fusa, e così ci ritrovammo ancora una volta a scherzare. Il viso serioso di Lars si aprì di nuovo in quel suo sorrisetto che sembrava essere il suo marchio di fabbrica. Le punte delle sue guance si colorarono leggermente di rosso. «Beh, allora restate pure» dissi, passando oltre loro, sorridendo tra me e me quando sentii i loro occhi bruciarmi il fondoschiena. Per quanto fossero grandi, larghi uomini e guerrieri forti, Ivar e Lars sembravano più giovani degli altri, in qualche modo. Mi sentivo più tranquilla, in loro presenza, una semplice ragazza intenta a civettare con due uomini molto belli, uno dai capelli chiari, l'altro dai capelli scuri.

C'era una ciotola piena di frutta poggiata su un tavolo, e accanto ad essa una brocca e qualche bicchiere.

«Tutto questo è per me?» chiesi loro.

«Sì. L'abbiamo portato noi, Milady» disse Lars, adesso proprio dietro di me.

«Grazie.»

«Sarebbe saggio, da parte tua, bere e mangiare solo ciò che portiamo noi» disse Ivar, ancora dietro, vicino la porta. «Nessuno vuole avvelenarti» aggiunse subito, quando vide la mia espressione preoccupata. «È solo che... non ci sono cucine.»

«Il Re non ha un cuoco?»

«Il Re è molto potente, ma non ha una corte. O, almeno, non una normale.»

Non ha bisogno di servitori umani. Tristan aveva detto solo questo; non aveva parlato di esseri *non* umani. Se il Re aveva cominciato ad utilizzare la sua magia ogni singolo giorno per fare ciò che voleva, allora era già troppo potente. Troppo perché io riuscissi a sfidarlo, anche con i miei poteri.

Forse ero arrivata già troppo tardi.

«Capisco. Sembra che sia passato un bel po' dall'ultima volta che il Re ha avuto ospiti.»

«Sì, Milady» confermò Ivar, e il suo tono di voce sembrò sollevato che io avessi capito. Non avevo dubbi che il Re Cadavere stesse ascoltando la nostra conversazione. Se non lui, allora qualcuno dei suoi servitori magici. Avrei seguito l'esempio di quei guerrieri e avrei fatto attenzione a ciò che dicevo, da quel momento in poi.

Il mio stomaco brontolò improvvisamente. Toccai uno dei frutti, esitando un attimo.

«Sono buoni» disse Lars, incoraggiandomi. «Li abbiamo colti noi per te, poco fa.»

«Grazie» mormorai, decidendomi a prenderne uno. Il fico era buono, dolce, i suoi succhi freschi e rinfrescanti. I guerrieri mi guardarono affamati, e ancora una volta io mi sentii accaldata; troppo accaldata. Poggiai una mano sul mio stomaco per tenermi dritta. Era passato troppo tempo dall'ultima volta in cui ero stata guardata in quel modo da un uomo. Nel mio tempo, la mia magia mi bollava come *diversa*. E anche questi guerrieri sapevano lo fossi, eppure quando mi guardavano loro vedevano una ragazza, non una strega. Un altro effetto dell'incantesimo che mi aveva lasciata priva di magia.

La mia mano afferrò la brocca, e quando riempii il mio bicchiere mi accorsi che era vino, non acqua. «Volete qualcosa da bere? Ce n'è a sufficienza per tutti.»

Entrambi i guerrieri mormorarono il loro assenso, ed io riempii i loro bicchieri con attenzione. Lars prese il suo con un sorriso. Ivar non fece alcuna mossa per prendere il suo, e allora io lo poggiai sul piccolo tavolino in mezzo ai divani, accanto a lui.

«Dunque» dissi, poggiandomi sul tavolo. «Come siete finiti ad essere guardie del Re?»

«Ci siamo uniti ai ranghi subito dopo aver lasciato il grembo delle nostre madri» sbuffò Lars, bevendo il suo vino.

«Come? Così giovani?»

«Lars esagera» disse Ivar. «Ma eravamo davvero giovani quando abbiamo cominciato l'addestramento.»

Lars scrollò le spalle quando si accorse della mia sorpresa. «È un po' come se ci fossimo nati. È tutto ciò che conosciamo.»

«E ce ne sono tanti, adesso, in addestramento?»

«Nessuno» disse Ivar. «Lars è l'ultimo, il più giovane.»

«Il più giovane, ma il migliore» disse Lars, sicuro di sé. «Ivar ed io siamo entrambi leader. Siamo a capo della squadra di guardia onoraria del Re, insieme ad altri.»

«Guardia onoraria? Perché avete tanto onore, non è vero?» lo presi in giro.

«Certo che sì!» disse Lars, scoccandomi un altro sorrisetto prima di prendere un altro sorso del suo vino. «Ne abbiamo, Milady. E siamo i migliori, come guerrieri.»

«E molto, molto modesti» aggiunsi, avvicinandomi a lui per riempirgli il bicchiere. Poi poggiai la caraffa sul tavolino e mi sedetti, facendogli cenno di fare lo stesso. Quando lo fece, io dovetti mordermi l'interno della guancia per non scoppiare a ridere. La sua figura enorme quasi nascondeva il piccolo divano. E lui non era neanche il più grosso tra i guerrieri che avevo visto in quel posto.

«Sono davvero serio, però. Siamo i combattenti migliori. Siamo più veloci, colpiamo più in fretta. E quando cacciamo, catturiamo sempre la nostra preda.»

«Sempre? Indipendentemente dalla preda?»

Lars si sporse in avanti, verso di me, la luce dentro i suoi occhi a farmi arrossire. «Sempre, Milady.»

«Chiamatemi Yseult.»

«Lady Yseult.»

Scossi la testa. «Yseult. Solo Yseult. Non sono una signora.»

«Lo sei per noi» disse Lars, e il suo sorrisetto si fece seducente. Quante donne era riuscito a sedurre con quel bel sorriso? I suoi capelli biondi gli accarezzavano il viso, chiedendomi silenziosamente di intrecciarvi dentro le mie dita per spostarli via. Per un solo, singolo secondo, contemplai l'idea di alzarmi dalla mia postazione per sedermi sul piccolo tavolo di fronte a lui e fare ciò che volevo.

«Lars» lo richiamò improvvisamente Ivar. «Il Comandante voleva qualcuno di guardia sulla parete nord.»

«E allora vai» gli disse Lars, il suo sorriso ancora rivolto a me.

Con un rumore acuto proveniente dalla sua armatura, un rumore che sembrava voler sottolineare il suo disappunto, Ivar fece un piccolo inchino verso di me e andò via.

«Perdona il mio guerriero fratello. Non è abituato a parlare con le signore.»

«E tu invece lo sei?»

«Beh, questo spetta alle signore, dirlo» disse, nascondendo il suo sorriso dietro il bicchiere.

«Io non sono una signora,» cominciai, lisciando con le mani la mia veste, «ma mi sembri molto bravo. Hai una lingua abile.»

«Non ne hai idea.»

Sentii immediatamente il calore sulle mie guance, e mi schiarii la gola. «Non faccio una colpa a tuo fratello, per il suo disagio attorno a me. Sono un'estranea.»

«Non è questo. Sua madre aveva il dono della Vista. Era una profetessa, e alla sua nascita gli ha donato alcune delle sue abilità. Lo rende...»

«Sobrio?»

«Cauto. Più diffidente degli altri.»

«Se io potessi Vedere tutte le cose che potrebbero succedere, anche io sarei più seriosa di altri.» Non gli dissi che anche io avevo un accenno di Vista; o che, comunque, l'avrei avuta, se avessi ancora avuto i miei poteri. «Immagina poter Vedere la tua vita... o la tua morte.»

«Mh» mormorò Lars, prendendo un sorso del suo vino.

«E condivide queste visioni con te? Ivar?»

«Sì.» Lars svuotò completamente il bicchiere, afferrando quello ormai abbandonato del suo compagno. Una volta finito disse, come se non ci avesse pensato a lungo prima di parlare, «Ha Visto te.»

«L'ha fatto? Quando?»

«Ha detto di averti sognata. Solo che...» Vidi un suo sopracciglio inclinarsi. «Penso di averti sognata anch'io. Anche Tristan l'ha fatto. L'abbiamo fatto tutti.»

Non riuscii ad evitare il tremolio nella mia voce. «E cosa avete sognato?»

«La luce della Luna. E il tuo viso.»

Mi alzai dal divano, camminando verso il camino, poggiandomi contro la parete per nascondere il mio viso alla sua vista. «Perché mai sognereste di me?» chiesi, forzando il mio tono ad uscire scherzoso. «Una semplice ragazza?»

«Non lo so. Forse è per questo che Ivar non si fida di te. Perché sei più di ciò che sostieni di essere.»

Per la Dea. Un giorno era quasi già passato, ed io non avevo fatto alcun progresso. A chi volevo prendere in giro? Le streghe avevano scelto la persona sbagliata.

Un rumore dietro di me mi segnalò che Lars si era mosso.

«Milady?» mi richiamò, accarezzandomi la schiena. «Stai bene?»

«Ha ragione, sai?» sussurrai. «Sono più di ciò che sostengo di essere.» Sentii improvviso sollievo nel dirlo, e con le sue dita addosso, mi sentii quasi sciogliere contro il suo tocco. «Sono in una terra sconosciuta, senza nessuno al mio fianco. Non ho niente. Nessuna protezione. È per questo che devo mantenere i miei segreti.»

«Sarò io il tuo protettore, Milady.»

Persi il respiro. «Ma non mi conosci neanche.»

«So tutto ciò che ho bisogno di sapere.» Poggiando le mani sui miei fianchi, Lars mi fece girare verso di lui. Quando mi rifiutai di incrociare il suo sguardo, le sue dita mi spinsero il mento in su, la pelle ruvida a causa delle armi, il suo viso liscio, giovane, privo di cicatrici. Ma i suoi occhi erano pieni di saggezza e conoscenza, che andavano ben oltre gli anni che il suo aspetto faceva credere lui avesse.

«Sei stata mandata qui per sedurci?»

Mi morsi il labbro, e scossi la testa per quanto potessi, con le sue dita ancora strette sul mio mento. «Non posso sedurvi. Non ne conosco l'arte.»

Le sue labbra si curvarono all'insù. «No?»

«Per favore... sto dicendo la verità.»

«Lo so, piccola ragazza. Lo sento, se menti oppure no.» Mi alzò ancora un po' il viso e, così vicino, riuscii a vedere le sue labbra piene e rosee, e quelle ciglia folte, così simili e così belle come quelle di una ragazza. «Ma ti sbagli.»

«S-sì?»

«Mh-mh» disse, facendo scivolare il suo dito. Il mio corpo si mosse verso di lui di proprio accordo, il mio cuore prese a battere forte contro il mio petto. In quel momento, non m'importava se avessi finito con l'essere trafitta dalla sua spada; sentivo soltanto il bisogno di stargli vicina.

«Io penso che tu sappia bene, come soddisfare un uomo.»

Il calore scoppiò improvvisamente dentro il mio corpo, bruciandomi le guance. Restai a fissarlo dritto in quei suoi occhi azzurri, che piano piano si andavano colorando d'oro.

«Hai già sedotto metà dei guerrieri, qui» disse, portando una ciocca dei miei capelli dietro l'orecchio con un piccolo sorriso.

«Solo metà?»

La sua mano si fermò sulle mie clavicole, e il mio cuore prese a saltare sotto il suo palmo. «Vorresti sedurne di più?»

«No... non volevo sedurre nessuno.»

«È troppo tardi per questo, ormai» sussurrò, inclinando la testa, il suo respiro a mischiarsi col mio. «Ormai è troppo tardi.»

Quando le nostre labbra, infine, si toccarono, sentii il calore riverberare dentro il mio corpo, come un fuoco appena acceso dentro il mio petto. Mi consumò, espandendosi in tutto il resto del mio corpo. Le labbra di Lars erano soffici, sicure. Durante il bacio, la sua mano scivolò sulla mia schiena, spingendomi più vicina al suo corpo. Le sue spalle erano tese, troppo concentrato a mantenere la calma, a mantenere il suo tocco leggero e gentile, il suo corpo angolato in modo tale da nascondermi dal resto della stanza. Ero intrappolata tra quel corpo grande e la parete, all'interno di una bolla di calore, un santuario perfetto per un bacio segreto.

Peccato, però, che non fosse così tanto segreto.

Vicino a noi, qualcuno d'improvviso si schiarì la gola. Mi staccai da Lars come scottata, e avrei di certo sbattuto la testa contro il muro se Lars non avesse messo una mano su di essa per proteggermi.

Sarò io il tuo protettore.

Tristan era in piedi, fermo sull'uscio della porta, in mano il suo elmo. I suoi occhi scivolarono prima su di me, poi su Lars, poi sui bicchieri di vino vuoti sul tavolo.

«Ho bisogno di te alla torre nord» disse, e non riuscii a capire dal suo tono se fosse arrabbiato, oppure divertito.

Lars si limitò ad annuire. «Milady» disse, inchinandosi, afferrando la mia mano per depositarci su un bacio gentile. Quando le sue labbra si scontrarono con la mia pelle, il calore si propagò dentro di me un'altra volta, depositandosi dritto in mezzo alle mie gambe. «Ci rivediamo presto.»

Io restai proprio lì, dov'ero, il cuore a battere incontrollato dentro il petto, una parte di me ancora troppo scombussolata da ciò che era successo, e l'altra parte eccitata.

«Quindi» disse Tristan camminando all'interno della stanza, il mantello ancora addosso, come un distintivo. «Vedo che hai cominciato a fare festa.»

«Un po' di vino, mio signore?» chiesi, attraversando la stanza per andare a prendere la caraffa. La mia mano tremava ancora quando la presi, ma ne versai a sufficienza e per bene, pensai. Fino a quando Tristan non poggiò la sua mano sul mio polso, per tenerla ferma.

«Sei accaldata» disse. «Forse non dovresti bere più, per oggi.»

Non avevo bevuto ancora neanche una singola goccia di vino. Feci un passo indietro, poggiando le mani sulle mie guance. Le mie labbra sembravano ancora tremare dal contatto che avevano avuto solo pochi attimi prima con quelle di Lars.

Quanto tempo era passato dall'ultima volta in cui mi ero ritrovata a flirtare con un uomo? Non riuscivo a riprendermi. Ero sempre stata così timida, così strana, così impacciata, prima? Non ricordavo neanche più come fossi stata, prima, quando ancora la magia non mi aveva trasformata in Yseult, la strega potente che piegava il mondo al proprio volere. L'incantesimo aveva cancellato tutto quello che ero stata prima di quel momento. Avrei dovuto trovare il modo di farmi strada in questo mondo anche così.

Tristan si avvicinò pericolosamente a me, la sua presenza così vicina a farmi perdere la testa un'altra volta. Non c'era modo di negare quanto volessi stargli vicina.

«Ti ha baciata.»

«Sì» affermai, e non riuscii a contenere il mio piccolo sorriso.

Il viso di Tristan si fece più duro.

«È tua abitudine, baciare sconosciuti?»

«Non è uno sconosciuto. È il mio protettore.»

«Lo conosci da a malapena un giorno.»

«Anche meno. Ma l'amore non conosce tempo.»

Il suo respiro fu così spezzato, così improvviso, da far sprofondare le sue spalle. La sua espressione mi colpì in pieno viso.

«No» dissi, immediatamente. «Non intendevo questo. È soltanto attrazione. Al tuo compagno piace divertirsi.»

«Devi fare attenzione, Milady. Questo tempo non ti appartiene.»

Lo sapevo bene; ero qui per spezzare l'incantesimo, nient'altro. Ma non avrei preso ordini da nessuno, men che meno da un uomo, che fosse egli Comandante o semplice guerriero. «Bacerò chi mi andrà di baciare» scattai.

Lui afferrò il mio braccio, spingendomi contro di lui così forte da farmi sbattere contro il suo petto. «Lo farai?»

Era così vicino, che il suo respiro accarezzava il mio viso. «Lo farai, Milady?»

Sbattei le palpebre, guardandolo, incapace di fermare i miei occhi dal toccare le sue labbra perfette. Labbra pericolose... molto pericolose.

«Bacerò chiunque ne valga la pena.»

«Ne valga la pena?»

«Pochi uomini sono in grado di tentarmi. Non mi capitava di sentirmi tentata da...» Scossi la testa. «Tanto, tanto tempo.»

«Siamo onorati che tu abbia trovato della tentazione tra i nostri ranghi.»

«Troppa, Comandante.»

Per la milionesima volta quel giorno, mi sentivo di nuovo accaldata e tremante di fronte ad un uomo. Cosa c'era di sbagliato, in me? Anche senza magia, avrei dovuto essere in grado di controllare me stessa.

Fu in quel momento che realizzai, e con non poco orrore: io ero una profetessa. Una creatura che desiderava piaceri carnali. Ero stata creata dalla Dea, dalla passione stessa. La febbre mi avrebbe presa del tutto. Me ne ero liberata una volta inizializzata alle arti sacre, e quel potere aveva completamente bruciato via le mie doti naturali.

Ma senza quelle, io ero ancora una profetessa.

Tristan dovette rendersi conto della mia assenza, del mio improvviso allontanamento, perché mi lasciò andare.

«Cosa ne pensi degli alloggi?»

«Sono molto belli, mio signore.»

«Sei affamata? Non vorrei mai che la nostra ospite ci considerasse maleducati.»

Scossi la testa, stringendo le mani tra di loro. La scodella piena di frutta era ancora lì sul tavolo, ma io non sarei più riuscita a mangiare nulla in quel momento. Erano i regali di Lars. Il succo, la dolcezza del frutto, mi avrebbe ricordato di lui e del bacio.

Perché l'incantesimo mi aveva spogliata dei miei poteri? Perché mi aveva lasciata in balia del calore d'accoppiamento? Perché la Dea l'aveva permesso? Non aveva sentito le nostre preghiere per sconfiggere il Re Cadavere? O forse ero io, a non essere quella giusta?

«Vieni. Voglio mostrarti una cosa.»

Mi portò fuori dalle stanze, ed io ero troppo persa nei miei pensieri per poter protestare. Percorremmo un labirinto di corridoi di pietra prima di uscire fuori, ancora dentro le mura del castello. Guerrieri camminavano avanti e indietro sul campo. Si girarono all'unisono quando io e

Tristan apparimmo, camminando in mezzo a loro. Io tenni il velo sul mio viso, ma non servì a molto: continuarono a fissarmi. Ero l'unica donna e, per loro, il mio odore doveva essere la cosa più dolce che avessero mai sentito. Anche nel mio tempo i Berserker riuscivano a sentire l'odore di una profetessa. Il mio corpo cantava per loro, e loro sentivano bene quella melodia.

Arrivammo ai piedi di un campo vuoto, e ci fermammo solo quando arrivammo di fronte una rampa di scale che conduceva al bordo della parete. Il mantello di Tristan fece un balzo indietro a causa del vento quando lui prese a salirle.

«Cos'è che vuoi mostrarmi?» chiesi, esitando sull'ultimo gradino. Avrebbe benissimo potuto gettarmi in avanti, da lì.

Lui si fermò sul bordo e mi chiamò a sé. «Nervosa? Non ti farò cadere giù.»

Fu quel suo tono di sfida a decidere per me. Con coraggio che non sentivo salii l'ultimo gradino e mi fermai sul bordo. Urla arrivarono alle nostre orecchie, insieme al rumore di asce che sbattevano le une contro le altre, di spade che si scontravano con scudi. Nel campo sottostante, guerrieri sfidavano altri guerrieri.

«Combattono» mi disse Tristan, facendo un cenno con il mento verso i suoi uomini mentre io mi avvicinavo a lui.

Un uomo gigante era in piedi al centro del cerchio di uomini, urlante e pronto a sfidare chiunque si avvicinasse. Sfidanti si fecero avanti, e lui li batté tutti, la sua risata ricca e profonda a riecheggiare sulle mura. Sembrava familiare, ma non poteva essere...

«Ma quello è—»

«Il guerriero che hai salvato.»

«Sta già meglio?»

Tristan annuì lentamente.

«Dubitavi dei tuoi poteri?»

«Non ho alcun potere» dissi, guardando il grande guerriero caricare contro due uomini, incontrando entrambe le loro asce e spade con due solo delle sue.

«Ci credi davvero» disse Tristan, aggrottando la fronte.

Io scrollai le spalle. «Una volta ero molto potente. Adesso non lo sono più.»

Il Comandante tornò a guardare la folla di sotto. «Sei forte abbastanza.»

Sul campo, la battaglia tra i guerrieri continuava, l'uomo che si era ripreso intento a togliere le armi ad ogni oppositore con grandi urla. Scalciò l'ultima ascia conquistata con un piede, girandosi per trovare il prossimo sfidante, che cadde dopo pochi secondi.

Urla di vittoria si alzarono dal campo, e i guerrieri presero a battere le armi contro i loro scudi. Il grande guerriero, che non era più prigioniero, alzò lo sguardo verso il Comandante e mi vide lì, il mantello rosso di Tristan e la mia veste bianca a svolazzare contro il vento impietoso.

«Milady!» urlò, e i suoi compagni urlarono con lui. «Un pegno.»

Il mio cuore prese a battere forte quando tutti i guerrieri si girarono a guardarmi. Liberando il velo che avevo sul viso, lo lasciai andare al vento affinché lo portasse al vincitore, che lo afferrò e lo portò alle sue labbra, lasciandogli un bacio prima di premerlo contro il cuore.

Aspettai un attimo, i miei capelli smossi dal vento come una bandiera bianca. Poi mi girai, e seguii Tristan giù per le scale.

Quasi non inciampai sull'ultimo gradino; Tristan mi afferrò appena in tempo, imprecando. Poi disse, «Hai bisogno di mangiare.»

«No» dissi. Ero stata a digiuno per mesi per arrivare

dov'ero, mangiando nient'altro che miele. Il mio corpo era più forte di così.

«Mi obbedirai» mi disse, con voce dura.

Mi scansai dal suo tocco, e lui mi fece un inchino che sapeva di scherno. Era passato molto tempo dall'ultima volta in cui mi ero ritrovata a seguire gli ordini di un uomo.

«Donna cocciuta» mormorò, cominciando a camminare con me al seguito. Non mi portò verso le mie stanze, ma verso una struttura bassa vicina alle mura, decorata da un lungo tavolo con panchine pieno di cibo dall'odore squisito.

Un guerriero barbuto molto familiare si alzò immediatamente quando noi entrammo.

«Ivar» disse Tristan, salutandolo. «Dov'è Lars?»

«Si sta preparando ad affrontare lo sfidante sul campo.» Per mia grande sorpresa, il guerriero barbuto mi fece un inchino. «Ben fatto, Milady.»

Mi morsi il labbro per evitare di ripetere ancora una volta che non avevo fatto un bel niente. La verità era che non avevo la minima idea di ciò che avessi fatto. Avevo poco potere, era molto sottile, quasi addormentato. Non avevo idea di come usarlo, o cosa facesse.

«Le cose piccole e fragili, a volte, hanno più potere di ciò che pensiamo» disse Ivar, quasi come se mi avesse letto nei pensieri.

Restai a fissarlo, e lui inclinò il capo, un piccolo sorriso a curvargli le labbra. La preoccupazione che prima oscurava il suo viso sembrava essere andata via, e adesso sembrava più giovane, quasi quanto Lars, e molto bello. Il calore m'investì di colpo, caldo che prese a salire per poi scendere, e poi salire di nuovo quando Tristan portò la sua mano sul mio braccio per farmi sedere sulla panchina.

Il Comandante batté le dita contro una piccola porta di legno sopra uno scaffale. «Qui c'è cibo per una persona.»

«Le stai dando da mangiare le cose dei guerrieri?» chiese Ivar, inclinando un sopracciglio.

Tristan ringhiò in risposta, qualcosa che sembrò suonare come, «Meglio questo di quello che potrebbe darle lui», e Ivar annuì in risposta.

Poi Tristan aprì la piccola porta, e l'odore di cibo mi colpì profondamente. Abbassai gli occhi sul tavolo, chiedendomi se, se non avessi guardato il cibo, il mio stomaco sarebbe riuscito a calmarsi. Avrei potuto giustificare quel mio disagio incolpando all'incantesimo che avevo subito, o alla magia del Re Cadavere, o agli eventi generali della giornata... ma la verità era che a farmi sentire strana era la vicinanza con tutti quei bellissimi guerrieri. Erano passati tanti, tanti anni dall'ultima volta in cui mi era capitato di sentirmi così—così tanti, che avevo persino dimenticato quella sensazione. Non ero che una ragazzina quando avevo preso parte alla sorellanza per cominciare il mio addestramento, e anche ai tempi non avevo molta esperienza. Le nuove reclute dovevano essere pure. Gli uomini non ci facevano perdere la testa, e anche se avevo passato del tempo con alcuni guerrieri, nel mio tempo—Berserker anch'essi—non mi ero mai sentita così.

Provai a guardare Ivar un'altra volta. Il guerriero ricambiò lo sguardo con uno gentile, come se riuscisse a sentire il tumulto che provavo dentro. Avrei così tanto voluto avere la mia magia, in quel momento. Avrei potuto richiamarla a me, gettarmela addosso come fosse uno scudo. Sarei riuscita a sentirmi di nuovo me stessa; avrei potuto nascondermi.

Tristan portò un piatto proprio davanti a me. «Mangia.»

Io restai a fissare il cibo—fichi secchi, brodo di carne, e qualche pezzo di pane.

«È buono» mi assicurò Ivar, usando il suo stesso pane

per prendere il brodo. Poi si poggiò contro lo schienale della sedia, ed io provai a deglutire il groppo che sentivo fermo in gola. «Come sta andando la visita della nostra ospite, Comandante?»

Quando capii che Tristan non aveva intenzione di rispondere, fui io a farlo, portando i miei occhi su quelli scuri di Ivar. «Devo incontrare il Re.»

Tristan ringhiò, un suono basso, più animale che umano. Ivar lo guardò freddamente.

Il Comandante si sedette accanto a me, prendendo un pezzo di pane e spezzandolo. «Dopo aver mangiato, ti porteremo a fare un bagno per prepararti all'udienza. Lo incontrerai stanotte; cenerai con lui.»

Strinsi immediatamente le mani l'una contro l'altra sulla mia veste. Non mi aspettavo di incontrarlo così presto. Pensavo di poter aver più tempo per prepararmi, sebbene, senza la mia magia, non c'era molto che potessi fare.

Dopo un minuto, Tristan sospirò. «Milady» disse, scivolando più vicino a me sulla panchina, offrendomi il pane.

Io scossi la testa.

«Permettimi» disse Ivar, e Tristan sospirò di nuovo, sconfitto.

«Molto bene» disse, alzandosi. «Devo andare a controllare che i miei guerrieri non si siano uccisi tra loro, o uccisi dal nostro campione. Poi portala a fare il bagno.»

L'aria si fece spessa una volta che Tristan fu fuori dalla stanza. Guardai Ivar con apprensione quando lui si sedette al mio fianco. Era andato contro il modo civettuolo di fare di Lars nei miei confronti, prima, ma quel sorriso nascosto dalla barba mi diceva che non era più così tanto diffidente nei miei confronti, ora.

«Comincia con un fico» mi disse, prendendo e portandolo verso la mia bocca fino a quando non l'aprii. Poi mi imboccò.

«È buono, non è vero? Riceviamo tantissimi doni. Mi è stato detto, una volta, che durante la strada per arrivare da noi essiccano da soli.» Prese qualcos'altro.

«E questa è torta di miele. Provala, è la torta preferita di Lars. Sua madre l'adorava, e lui se ne ricorda.»

Tra un morso e l'altro, gli chiesi, «Tu ricordi la tua?»

«A volte la sogno. Mia madre è morta di parto. È stata la madre di Lars a crescermi, ed è lei che ricordo di più.»

Il suo braccio si allungò un'altra volta per offrirmi la torta, ma quando allungai la testa per prenderne un pezzo, lui lo tolse via da me per mangiarlo, invece, lui. Poi mi fece un occhiolino. «Grazie a lei, adesso anch'io amo le torte di miele.»

Io sorrisi di quella sua vena giocosa, e lui scacciò via qualche briciola caduta sulla mia veste.

«Mangi la carne?»

Io scossi la testa.

«È un peccato. Sono molto bravo, a cacciare.»

«E molto modesto» gli dissi, prendendolo in giro.

Lui rise, e il suono mi riscaldò il cuore. Quando ci eravamo conosciuti, Ivar era stato molto serio. Mi chiesi quando fosse cambiato quel suo modo di fare.

«Ti ho catturata abbastanza in fretta» mi ricordò lui.

«Io non stavo scappando. Se ci avessi provato, sono certa che ci saresti stato molto di più, a decantarti vincitore.»

«Allora non posso fare altro che sperare che non scapperai mai da me.»

I nostri occhi s'incontrarono, e il calore si propagò per tutto il mio corpo un'altra volta, quasi come se mi avesse toccato. Ivar aveva certi Doni, per sé, anche se io non sapevo quali fossero. E forse non lo avrei mai saputo, se fossi riuscita a completare la mia missione per quando fosse arrivata l'alba.

Il pensiero mi rese per qualche ragione triste.

Come in grado di sentire il cambio di emozioni dentro di me, anche Ivar si fece più triste. Per un secondo restammo in silenzio, e lui prese a giocare con il suo bicchiere.

«È stato molto coraggioso, da parte tua, venire qui.»

«Non avevo altra scelta» dissi, senza ammettere il motivo per cui mi trovavo lì. Farlo avrebbe significato morte certa, per me. Se anche uno solo dei Berserker avesse sospettato tradimento da parte mia, sarei stata imprigionata e torturata. E chi sarebbe stato a sferzare il colpo finale sul mio corpo? Tristan? Ivar? O il guerriero gigante che, a detta loro, avevo salvato?

«L'uomo sul campo...» dissi, esitando fino a quando non vidi Ivar annuire, per spronarmi a continuare. «Qual è il suo nome?»

«Te l'ha detto?» mi chiese, i suoi occhi scuri fissi dentro i miei.

«Quando l'ho incontrato, mi ha detto di non riuscire a ricordare.»

«Sono certo che ricordi, adesso. O lo farà, fra qualche ora, quando il combattimento avrà schiarito la sua mente abbastanza. Ma se non è stato lui a dirtelo, allora non spetta a me, farlo.» Ivar mi offrì un altro assaggio, e quando scossi la testa, lui si pulì le mani e si alzò in piedi. «Allora vieni, Milady. È arrivato il momento di fare il bagno.»

LARS

I l guerriero di fronte a me aveva addosso nient'altro che i vestiti, niente elmo e nessuna armatura, ma scattò verso di me come se la sua sola pelle fosse in grado di schivare una lama. Io caricai per attaccarlo. Spada contro spada, un rumore assordante quando le lame s'incontrarono, entrambi grugnimmo l'uno per il peso dell'altro, i piedi a strisciare sull'asfalto. Lui era più grosso, ma io ero più veloce. Piegando le ginocchia, caddi sotto di lui, rotolando in mezzo alle sue gambe per andare via, la lama della mia spada a tagliare leggermente la pelle della sua gamba al mio passaggio. Un ruggito arrabbiato riempì l'aria.

Impaurito, mi girai per guardare in faccia il mio avversario. Poi mi sentii investire dal sollievo, perché lo trovai intento a sorridermi.

«Primo sangue, Lars!» urlarono i guerrieri di vedetta, con rispetto. Il mio sfidante annuì, dando loro ragione, e segnalando la fine del combattimento.

«Bel duello» disse. Io gli scoccai un sorrisetto e pulii la mia spada, mentre lui riprendeva fiato. Una mano prese a massaggiare il polso, su cui ancora portava i segni delle catene troppo strette.

«È stato divertente» concordai, avvicinandomi a lui. Il guerriero si alzò in piedi, più alto persino di me, che ero considerato uno dei più alti tra i Berserker. «Anche se, devo ammettere, poteva andare in qualsiasi modo. Domani potresti sempre battermi.»

Lui grugnì ed io mi avvicinai a lui, abbassando la voce. «È bello riaverti con noi.»

«È bello essere di nuovo qui. Devo ammettere che sono sorpreso. La Bestia era in superficie» disse, scuotendo la testa. «Pensavo che quella fosse la fine.»

«Lo sarebbe stata... se lei non fosse arrivata.» Non avevo bisogno di chiamare Yseult con il suo nome.

«Lei mi ha toccato» disse, e la sua voce sembrava meravigliata. «Un singolo tocco, e la mia mente si è schiarita del tutto.»

«Lars» mi chiamò qualcuno, ed io mi girai per trovare il Comandante intento a camminare attraverso il campo. Lo salutammo, io e il mio sfidante, e Tristan gli dedicò un saluto speciale prima di farmi cenno di seguirlo.

«Comandante» cominciai, asciugandomi il sudore dal viso con la maglietta prima di fermarmi insieme a lui lungo la parete della fortezza. «Cosa ti porta qui? Dov'è la donna?»

«Il Re vuole vederla questa sera.»

«Questa sera?» ripetei. Pensavo che avremmo avuto più tempo.

La frustrazione scritta sul viso di Tristan mi disse che anche lui pensava lo stesso. In passato, avevamo lavorato all'unisono per salvare più di una donna dal nostro Re. Senza mai sfidarlo apertamente, solo proteggendo le donne prima ancora di poterle far diventare prede. Donne come le nostre stesse madri.

Ma quella volta non sarebbe stato possibile; Yseult era risultata troppo speciale dal primo momento, per poter passare inosservata.

«Gaul» dissi, e Tristan si limitò ad annuire. La spia personale del Re in mezzo ai nostri ranghi. Sarebbe stato grandioso se gli fosse successo qualcosa nel bel mezzo di un giro di pattuglia—o, magari, durante uno dei nostri combattimenti in campo.

«Deve essere stato Gaul a fargli sapere della ragazza, e adesso Yseult è attesa questa sera. Il Re la prenderà in sposa, e poi...» Tristan scosse la testa. Sapeva bene quanto me cosa le sarebbe successo; quello che succedeva a tutte le donne del Re.

Sul campo di battaglia, il guerriero più forte tra di noi prese a ridere e a giocare di spade contro sei uomini alla volta. Solo qualche ora prima, la Bestia era quasi stata sul punto di consumarlo del tutto, fino alla sua morte.

Chiunque fosse quella donna, aveva tra le mani la chiave verso la nostra salvezza; verso la nostra sanità mentale. Dopo decenni ad aspettare, a farci sempre più deboli sotto la maledizione Berserker, finalmente avevamo una speranza.

«Dobbiamo salvarla» sussurrai.

«Dobbiamo, sì» concordò Tristan con fermezza. «Ma come?»

16

YSEULT

Ivar mi scortò di nuovo dentro il castello, lungo pareti che facevano giri immensi fino a quando non cominciai a temere di non riuscire mai più a ritrovare la strada per tornare nelle mie stanze. Lo stregone usava bene la sua magia, perché ero certa che quel palazzo fosse stregato: non doveva essere un caso che il posto era così confusionario da impedire ai suoi ospiti di memorizzare la strada. Un vero e proprio labirinto; un altro livello di protezione.

Alla fine arrivammo di fronte una grande entrata di marmo. L'aria sembrava più calma, lì, più umida. I nostri passi riecheggiavano contro le pareti.

«Da questa parte» disse Ivar, facendosi da parte per permettermi di entrare per prima. Sussultai quando vidi la lunga piscina posizionata proprio in mezzo alla stanza, circondata da pilastri e pareti di marmo. Molto in alto, sulle pareti, finestre ad arco facevano entrare luce soffusa all'interno della grande stanza, un'accozzaglia di colori che attirò la mia attenzione, murali sulle pareti tra i più belli che avessi mai visto in tutta la mia vita.

«È bellissimo» respirai.

«Molto bello, sì» sorrise Ivar, ma quando mi girai a guardarlo, lui sembrava più soddisfatto della mia espressione che della stanza. «L'acqua è riscaldata dalla sorgente primaverile da cui arriva» disse, facendo poi un piccolo inchino. «Manderò qualcun altro a prenderti, quando avrai finito.»

Grata di avere finalmente un momento da sola, mi avvicinai alla piscina e m'inginocchiai, sporgendomi per specchiarmi sul manto d'acqua. Il mio riflesso mi guardò di rimando. Sembravo più giovane, più... morbida, dolce, in qualche modo. Durante gli anni, la magia che mi era stata data mi aveva cambiata, creata a sua immagine e somiglianza. La Yseult che mi guardava dal mio riflesso, però, era una semplice ragazza, pura e graziosa e non toccata dalla magia. Non potevo fare a meno di chiedermi se quella ragazza sarebbe stata in grado di affrontare qualcuno di forte come il Re Cadavere.

Mi sedetti per terra, vicina all'acqua. Quanto avrei voluto fosse un vetro di cristallo da cui poter guardare il mio futuro. Non seppi quanto restai seduta lì, in quella posizione, ma ad un tratto il mio riflesso si mischiò con quello di un'altra persona, e alzai lo sguardo.

Tristan era fermo proprio sopra di me, le sopracciglia aggrottate. «Non hai fatto il bagno.»

Poggiai la testa sulle mie ginocchia, senza rispondere, il mio stato asciutto una risposta sufficiente.

«Ti piace questo posto?» mi chiese, guardandosi intorno dopo aver parlato, quando la sua voce prese a riecheggiare contro le pareti.

«È pacifico. Chi ha costruito questi bagni?»

«I Romani. Sono stati loro a creare quei murali.»

«Bellissimi. Erano un grande impero.» Non gli dissi che, tra mille anni, quello stesso posto non sarebbe stato altro che ricordo, i murali rovinati e le strade rotte. Così tanta bellezza, diventata cenere. «Il tuo Lord vuole fare loro concorrenza?»

«Lo fa già. Ma non parliamo di lui» disse Tristan, togliendosi di dosso l'elmo e facendomi cenno verso l'acqua. «Devi prepararti.»

«Non ho altro da mettere.»

«I tuoi vestiti sono già in fase di preparazione.»

«E chi li manda?»

Tristan scosse la testa.

«Hai mandato qualcuno al villaggio? Parlato con lo stesso guerriero che mi ha trovato gli stivali?» Alzai un piede, liberandolo dallo stivale che lui mi aveva dato e facendolo cadere sul pavimento con un tonfo.

Lui scosse la testa, voltandola da un'altra parte, come se volesse studiare le pareti.

«Dove sono i servitori del Re?»

«Siamo noi a servire il Re e le sue voglie.»

«Intendevo la sua corte. Perché questo posto è così vuoto?»

Tristan inclinò il viso abbastanza da permettermi di vedere che aveva inarcato un sopracciglio. «La nostra compagnia non ti piace?»

«Mi piace molto, e tu lo sai» dissi, la mia voce piena di passione.

Questo lo fece girare, la frustrazione chiara nella sua espressione.

«Fai il bagno» ordinò lui. «Preparati. E poi ti dirò qualcosa in più sul Re.»

«Lo farai?»

«Ero venuto ad avvertir—» cominciò, interrompendosi immediatamente per correggersi. «Ero venuto a dirti un po' cosa aspettarti da questo incontro con il mio Lord.»

Trattenni il respiro prima di chiedere, «Perché?»

Le sue spalle si alzarono e abbassarono, come sconfitte. «Perché voglio proteggerti.»

Camminai lentamente verso di lui. Mi ci volle tutta la forza che avevo in corpo per non alzare la mano sul suo viso, accarezzarlo, sentire la barba appena pronunciata sotto le mie dita. «Perché?»

Lui era un Berserker, e aveva dato la sua lealtà al suo Re. Perché proteggere me?

«Perché non ho mai incontrato nessuno come te. Milady, per favore...»

«Continui a chiamarmi signora. Ma lo sai che non lo sono.»

«Non lo so cosa sei» disse lui, voce roca.

«Non sono nient'altro che una ragazza» dissi, pienamente onesta. Avevo visto il mio riflesso contro l'acqua. In quel mondo, in quel tempo, ero soltanto me stessa. Niente magia, niente finzione.

I suoi occhi erano oltre il mio viso. «Sei più di ciò che sembri.»

«Molto bene. Farò il bagno. Ma solo se...» mi fermai un attimo prima di decidere che avrei rischiato tutto. «Solo se ti unisci a me.»

I suoi occhi si spalancarono.

«Fai il bagno con me, Tristan.»

Feci un passo indietro, ma aspettai di vederlo annuire prima di cominciare a lavorare sulla mia veste per liberarmene, gettandola oltre la mia testa e lasciandola cadere.

Tristan si era girato ad osservare i murali. Non sarebbe rimasto a guardare il mio corpo nudo. Quella sua galanteria mi fece sorridere.

Con non poco entusiasmo entrai dentro l'acqua, riscaldata dalla sorgente primaverile. Spruzzai un po' d'acqua, lasciandola volare lì e qui fino a quando non sentii Tristan cominciare a liberarsi della sua armatura.

Lo osservai togliersi i vestiti, i suoi muscoli flettersi durante i movimenti, lunghe braccia e gambe possenti, un ampio petto muscoloso tutti di fronte ai miei occhi. Quando addosso non gli restò nient'altro che un perizoma, i suoi occhi si puntarono sui miei, ed io distolsi lo sguardo, le guance rosse.

L'acqua sembrò sospirare quando alla fine entrò anche lui dentro la piscina, ed io mi girai ancora una volta a guardarlo, i suoi capelli neri e le spalle larghe diretti verso di me.

«È questo che volevi, Milady?»

«Sì» respirai, incapace di usare per bene la mia voce, perché non avevo più aria nei polmoni. Cominciammo a nuotare in cerchio, l'uno di fronte all'altro.

«Vi sono grata della vostra ospitalità» dissi a Tristan. «Grazie per avermi fatto vedere il castello.»

Tristan esitò un attimo prima di parlare. «Cosa ne sai dello stregone?»

Aveva detto che voleva proteggermi, ma la fiducia che riponevamo l'uno nell'altra era ancora nuova e fragile. Per tutto ciò che ne sapeva lui, io potevo essere una spia. Avrei dovuto agire con cautela. «So che è molto potente. So che la sua forza cresce di anno in anno.»

Tristan annuì. «È molto antico.»

«Da dove vengo, c'è una leggenda che racconta di un Re che desiderava essere più forte di ogni altro, così forte da poter affrontare ogni suo nemico e vincere contro di essi ogni singola volta. Aveva tante mogli, e altrettanti figli. Ma voleva potere, sempre più potere, e ad un certo punto si fece così forte da essere maledetto dagli Dei.» Mi morsi il labbro, aspettando che Tristan leggesse dietro le mie parole ciò che stavo cercando di dire.

«È vero. Prende il suo potere dalle arti oscure.»

«È uno stregone» sussurrai. E sapevo bene come otteneva il suo potere: sacrificio umano.

«Non voglio che tu vada da lui» disse Tristan, e la frustrazione nella sua voce mi fece spalancare gli occhi, battere forte il cuore.

«Sei il comandante della sua armata.»

«E ho giurato di spendere la mia vita al suo servizio, insieme ai miei fratelli guerrieri. Ma quello che sto ottenendo è secolo dopo secolo di pazzia.»

«Lo tradiresti, allora?»

«Se decidessi di farlo, lo farei per una ragione precisa. Per uno scopo più grande. Per qualcosa per cui valga la pena vivere.»

Deglutii. Non riuscivo neanche a guardarlo negli occhi.

Vidi le sue braccia allungarsi verso di me, lentamente, come spaventato che potessi andare via. Con un dito mi scostò una ciocca di capelli bagnati dietro l'orecchio. «Qualcosa... o qualcuno.»

«Tristan» sussurrai. Lui continuò a giocare con i miei capelli, senza guardarmi negli occhi. «Quando ti ho visto per la prima volta, ho avuto la sensazione di averti già visto prima. Come se ti conoscessi già; come se ti conoscessi da sempre.»

«Io ti ho sognata, Milady.»

Mi feci avanti, l'acqua a muoversi tra di noi. «Il mio era più che un sogno. Sembrava... un ricordo.»

«Ivar ci ha raccontato di una leggenda secondo cui una donna è destinata ad essere la nostra compagna.»

Io sorrisi. «E tu mi divideresti con i tuoi uomini?»

I suoi occhi incontrarono i miei, allora, infuocati. «Non qualunque uomo. Ma i miei capitani... siamo più che semplici guerrieri. Siamo più che fratelli.»

«Da dove provengo, i Berserker si accoppiano insieme. In tre, quattro, hanno un legame così forte da riuscire a condividere una compagna. Le profetesse sono scarse, e il loro legame, ciò che hanno sopportato in battaglia, gli permette di contrastare la maledizione insieme per più tempo. Ma, Tristan... non mi conosci che da un giorno. Forse anche meno.»

«Ti conosco da quando ho visto il tuo viso nei miei sogni per la prima volta. Hai salvato mio fratello dal suo destino. Sarebbe morto a causa della pazzia della maledizione, se non fossi arrivata tu. Lo hai salvato.» Tristan fece un altro passo avanti, e mai, in tutta la mia vita, mi ero sentita così consapevole di avere un uomo nudo di fronte a me. Tutto di me, del mio corpo, era teso verso di lui, pronto a donarsi completamente.

«Ci hai salvati tutti, Yseult.»

Alzai il viso verso di lui, sentendo il suo respiro sulle mie labbra. Per un piccolo, bellissimo momento, sentii quasi di avere tutto; ma poi quel momento venne spezzato.

Passi pesanti e voci forti presero ad echeggiare lungo i corridoi esterni, facendomi spaventare. Tristan fece un passo avanti, posizionandosi di fronte a me proprio quando un trio di guerrieri entrò nel nostro campo visivo—Lars ed Ivar, intenti a rincorrere Gaul. Incrociai le braccia sul mio petto, nascondendomi dietro il busto largo del Comandante, osservando la scena da oltre le sue braccia.

Lars e Ivar si posizionarono di fronte a Gaul giusto in tempo, spalla contro spalla, armi in mano, bloccandolo dal fare un altro passo avanti.

«Lasciatemi passare. Ho novità dal Re.»

«Che novità?» disse Tristan.

Gaul inclinò la testa. «Ma dove—» cominciò, ma Lars lo spinse indietro.

«Non andrai più avanti di così.»

«Lascia il tuo messaggio» gli ordinò Ivar.

Il guerriero scoccò un'occhiata di fuoco ad entrambi. «Il Re ha mandato regali per la sua ospite. Sono nelle sue stanze.»

«Lei ringrazia», disse Tristan. «E adesso vai via.»

Gaul fece un passo indietro, poi si fermò. «Fai attenzione, Comandante, a non toccare ciò che non ti appartiene.»

«Basta» disse Lars, spingendolo un'altra volta indietro. Ivar lo fermò prima che potesse farlo un'altra volta, poggiandogli una mano sulla spalla.

Poi i tre sparirono, così velocemente com'erano arrivati.

Tristan imprecò.

Prima di poter fare qualsiasi cosa, come alzare una mano per toccarlo e calmarlo, Tristan si era già allontanato da me, lasciando la piscina per andare via.

Quando anch'io uscii fuori da essa, lui era già vestito, armatura ed elmo compresi. Il mio cuore doleva. Ero stata da sola per tutta la mia vita e mi ero sempre sentita soddisfatta, completa con il mio potere a scorrermi nelle vene. E adesso, dopo neanche un giorno dal mio arrivo, sentivo il bisogno di quest'uomo così tanto da stare male. Sentivo il bisogno di averlo vicino, di conoscere il suo tocco, di sentire la sua forza scorrermi nelle vene abbastanza da permettermi di affrontare la minaccia più grande della mia vita.

«Tristan—»

I suoi occhi e il suo corpo restarono rivolti verso il muro quando parlò. «È stato sbagliato, da parte mia, fare il bagno con te. Non me ne approfitterò un'altra volta.»

«Tu non—»

«Sono il Comandante del Re. Tu sei sua ospite. Non succederà un'altra volta.»

Mi morsi la lingua. Avrei voluto urlare, farmi prendere dalla rabbia. Non avevo altro che un giorno per compiere ciò che ero venuta a fare. Alla fine della corsa, avrei anche potuto essere morta.

Ma quando avevo accettato, niente mi aveva fatto paura, neanche la possibilità di morire; adesso, invece, non ero pronta ad andare via. Non senza aver prima raccontato tutti i miei segreti a quest'uomo che sembrava già conoscere tutto, di me.

Avevo lasciato la mia veste appallottolata sul pavimento, ma la ritrovai poggiata e sistemata sopra una panchina. Quella vista mi fece fermare. Un odore lieve di lavanda era ancora sulla veste, come fosse stata lavata e asciugata. Ma non avevo visto nessuno entrare dentro la stanza.

Il Re non ha bisogno di servi umani. Ma nessuno aveva detto niente su creature non umane...

Deglutendo via la mia preoccupazione, rimisi addosso la veste ora pulita.

Tristan mi riportò nelle mie stanze. Io l'attraversai per andare a versare un po' di vino, fingendo di stare bene.

«Che tipo di donne preferisce il Re?» chiesi, con tono indifferente. Speravo di trovare qualche risposta a ciò che mi attendeva quella sera. Se il Re Cadavere mi avesse trovata soddisfacente, forse sarei riuscita a sopravvivere più di un giorno. La magia che avevo sentito davanti i cancelli della fortezza era stata opprimente; la sua magia era certamente già tanta. Avrebbe potuto uccidermi nel giro di qualche secondo, se avesse voluto. Se non l'avesse fatto lui, allora di certo avrebbe dato l'ordine a Tristan o a qualche altro guerriero, ed essendo sotto il suo comando, loro non avrebbero potuto far altro che obbedire. «Beh? Lo servi da tanti anni. Gli piacciono più le bionde, o le more?»

Tristan restò quasi nascosto nell'ombra dell'angolo della

stanza. «Il Re non ha alcuna preferenza specifica di cui io sia a conoscenza. Gli piacciono tutte le donne che riescono a far illuminare la pietra.»

«E hai conosciuto altre sue consorti?»

«Le nostre madri erano tutte sue mogli.»

Certo che sì. Mi ero dimenticata quella parte della leggenda. Il Re aveva preso le profetesse e con loro aveva procreato, asservendo a sé una legione di Berserker. Nelle leggende, però, quegli stessi figli li aveva anche sacrificati.

Tremai.

«Non lo chiami 'padre'.»

Tristan scrollò le spalle. «È il Re.»

«Che Re tremendamente ricco, con tutti questi eredi» mormorai, ma sapevo bene quale fosse la verità. Al Re non importavano le ricchezze terrene, non importavano i figli; ciò che voleva era l'immortalità. Così tanto dentro le arti oscure come era, quel suo potere gli aveva consumato la mente proprio come la maledizione che aveva gettato sopra i suoi figli consumava la loro. Il Re non voleva eredi. Voleva solo vivere per sempre.

«Se il Re sceglierà te, ti trasformerà lui nel tipo di sposa che voglia tu sia.»

«Anche se io non voglio sposarlo?»

Tristan non rispose, ed io mi lasciai cadere su una sedia. Il mal di testa era tornato, ancora più intenso. La magia del Re Cadavere stava cominciando a pesarmi.

«Dovresti riposare» disse, girandosi.

La mia unica salvezza, in quel momento, era la mia assenza di magia. Senza di essa, lui non mi avrebbe mai considerata una minaccia. Ovviamente, allo stesso tempo, senza la magia non avevo alcuna difesa.

Avrei tremato di paura, in quel momento, se non fossi stata inizializzata dalle streghe nel modo in cui avevano fatto. Le prove per entrare avevano spazzato via ogni singola goccia paura dal mio organismo, in quel momento e per sempre. Certo, il mio corpo privo di magia non lo ricordava bene; ma la mia mente sì. Chiudendo gli occhi, provai a riprendere il controllo del mio corpo.

E quando chiusi gli occhi vidi un enorme campo di battaglia insanguinato, che si estendeva dalle punte dei miei piedi fino all'orizzonte. Corvi banchettavano sui corpi dei guerrieri—tutti morti.

«Milady.» I miei occhi si spalancarono di colpo. Lars era lì, proprio di fronte a me, con lo sguardo più serio che gli avessi mai visto in viso. «Non hai guardato i tuoi regali.» La sua mano si allungò verso la veste poggiata sul divano. Sul tavolo, invece, erano stati poggiati gioielli e un bicchiere di vino.

«Il Re è molto generoso» dissi, senza preoccuparmi di nascondere l'amarezza nel mio tono. Gli occhi di Lars si spalancarono, sorpresi. Non m'importava: Tristan aveva fatto la sua scelta. Aveva scelto di rimanere leale al suo Re. Lui e i suoi guerrieri avrebbero potuto uccidermi per il mio atteggiamento indisponente; non me ne importava più.

«Ti aspetta al calar del Sole.»

«Mangia così presto?»

Il biondo fece un piccolo cenno con la testa, sì.

Io mi avvicinai al vestito. «È bellissimo.»

Lars era ancora poggiato vicino la porta. «Ti starà meravigliosamente, addosso.»

Alzai in alto il vestito, girandolo da un lato all'altro. Era ricoperto di fili dorati. Se messo a confronto con quel bellissimo vestito, la mia semplice veste sembrava brutta e insignificante.

«No» dissi, poggiando di nuovo il vestito. «No. Che mi

guardi per quella che sono» dissi. Almeno la mia veste era stata lavata, ed era pulita.

«Rifiuti i doni del Re?»

«Non voglio indossarli. Lascerò che mi veda per come sono.»

«Sei molto coraggiosa, Milady. Molto coraggiosa... o forse molto sciocca.»

«Forse sono entrambe le cose.»

Attraversai la stanza, dirigendomi verso la fontana per guardare il mio riflesso nell'acqua. La veste bianca che avevo addosso era la stessa che avevo indossato durante il rituale, e doveva simboleggiare la mia purezza. Avevo tutta l'aria di essere una ragazza fresca e piccola. Ma avevo smesso di invecchiare tanto, tantissimo tempo fa, quando la magia che mi era stata donata mi aveva donato una giovinezza artificiale. Questo, però, in qualche modo era diverso. Con quel vestito pulito e fresco, senza alcun potere dentro le mie vene, avevo davvero l'aria di essere giovane; vergine.

Era da pazzi credere davvero che avrei potuto sconfiggere uno stregone potente come lui.

Che la Dea mi assista.

Il rumore di armi contro armatura mi arrivò da dietro, ma io non mi girai. Tristan parlò a tono basso. «È arrivato il momento.»

Lo seguii lungo i corridoi, Lars e Ivar dietro di noi. Entrammo all'interno di un lungo corridoio, con mura fatte di grandi finestre ad arco che lasciavano entrare l'ultima luce del giorno. Le ombre restavano intrecciate in modo cupo intorno alle colonne, tremolanti. Come dita lunghe che si alzavano sempre di più, pronte a prendermi. Con la coda dell'occhio ne vidi una seguirci. Strinsi tra i pugni la mia veste, forzandomi a continuare a camminare senza fermarmi.

I passi di Tristan si fecero più lenti man mano che andavamo avvicinandoci alle grandi porte di metallo, alte quando dieci uomini, così tanto da toccare il soffitto.

«Milady» gracchiò una voce alla mia destra. Un guerriero uscì fuori dalle ombre. Lars mi aiutò a stare dritta mentre Tristan lo bloccava.

«Un attimo» dissi, poggiando la mano di Tristan per fermarlo. Avevo riconosciuto la sua voce; l'uomo nelle celle. Lo avevo ora davanti, alto e orgoglioso, il suo elmo splendente e il suo viso pulito. Non c'era più magia nera a ronzare dentro la sua testa.

«Mi ricordo» mi disse. «Mi hai chiesto il mio nome, e adesso lo ricordo. Mi chiamo Magnus. È questo il nome che mia madre mi ha dato.»

«Piacere di conoscerti, Magnus» gli dissi, sorridendogli, spostando leggermente Tristan di lato per potermi posizionare di fronte all'uomo. «Ricorda tua madre. Così sarai sempre te stesso.»

«Milady» disse lui, inchinandosi di fronte a me prima di ritornare nelle ombre.

E così, senza rendermene conto, mi ritrovai di fronte alle grandi porte.

«Pronta?» mi chiese Tristan, senza guardarmi negli occhi. Era certo, dentro di sé, di avermi appena portata ad incontrare la mia morte. Se non stanotte, comunque un giorno, presto.

Io presi un profondo respiro. «Lo sono.»

Lars ed Ivar presero posto ad entrambi i lati delle porte, aprendole lentamente. Aria ci arrivò addosso, insieme a sussurri lievi. La mia pelle prese a rabbrividire quando sentii la magia investirmi.

Forzai il mio corpo ad andare avanti. All'interno trovai una grande stanza, e anche lì le grandi vetrate costituivano i muri. Quelle, però, non facevano entrare altro che oscurità.

Esitai un attimo, e quasi mi scontrai con il petto di Tristan. Era dietro di me, e immediatamente mi fece ritrovare l'equilibrio, senza però esortarmi a fare un altro passo avanti. Più avanti, nella stanza, una piccola luce accesa illuminava una poltrona dove sapevo avrei trovato il Re ad attendermi, una volta soli.

«Sono pronta» ripetei, e ripresi a camminare.

Proprio oltre le porte, riuscii a sentire Tristan fermarsi.

«Non posso andare oltre» mi disse, ed io annuii.

«Fai attenzione, Milady» disse, facendo un passo indietro ed inchinandosi, la luce del corridoio a riflettere sul suo elmo fino a quando le porte non vennero chiuse del tutto. Tristan sarebbe rimasto fuori, ad attendere il mio ritorno. Quel pensiero mi diede il coraggio necessario ad attraversare quella stanza.

Mi sembrò di metterci una vita intera prima di arrivare ai piedi delle scale che portavano alla poltrona e al tavolo lì accanto. Era vuoto, una sola sedia disponibile. Ma del Re neanche l'ombra. Volevo rabbrividire contro quel silenzio assordante, ma costrinsi il mio corpo a restare perfettamente fermo; mi costrinsi ad aspettare mantenendo la calma.

Non hai indossato i miei doni.

La voce sembrò rimbombare tutt'intorno a me, un tono ricco che mi accarezzò la pelle, facendo battere forte il mio cuore.

Mi fermai sui miei passi, lasciando la magia danzare attorno a me, tastandomi.

La poltrona era ancora vuota. Il Re Cadavere non aveva ancora deciso di mostrarsi.

Aprii la bocca, ma esitai.

Parla, disse la voce, l'ordine chiaro nel tono.

Io feci un piccolo inchino. «Perdonatemi, mio signore. I vostri doni sono meravigliosi; io sono una semplice ragazza. Non mi sembrava giusto indossarli, non sento di meritarli.»

«No?» parlò la voce, pregna di divertimento. «La maggior parte delle donne ama i miei regali.»

Io feci un altro inchino. «Il Re può certamente avere qualunque donna lui voglia.»

«Ti chiedi perché mai sceglierei te?» Vento magico apparì dentro la stanza, facendo svolazzare i miei capelli, facendo danzare la mia veste intorno alle mie caviglie. «Sei bella abbastanza.»

«Grazie, mio signore.»

«Vieni più vicina, ragazza.»

Con il cuore in gola, cominciai a salire le scale verso il suo trono.

Le ombre erano ancora lì, agli angoli, ora più solide. Io non poggiai gli occhi sul trono, all'inizio. Poi, un movimento proprio di fronte a me mi fece alzare gli occhi. Quando li portai in su, non riuscii a nascondere il mio sussulto in tempo.

Lo stregone era lì; alto, molto più alto di qualsiasi altro uomo, persino i Berserker che lui stesso aveva creato. Più grosso allo stesso tempo, molto più muscoloso di tutti loro, una corporatura pulita, ma neanche i vestiti che aveva addosso potevano nascondere quanto spesse fossero quelle spalle.

Non un soldato; non uno scolaro.

Un Re; un sovrano.

«Buonasera, Yseult. Benvenuta nella mia umile dimora.»

17

TRISTAN

R estai a fissare le porte delle stanze del Re, le mie mani strette in pugni.

«Hai fatto un ottimo lavoro, Comandante» disse Gaul, la voce come quella di un serpente. «E adesso corri via, torna alla tua postazione.»

La sentinella del Re era proprio dietro di me, accanto a lui altri due Berserker. Li conoscevo, ma non erano più come noi. Avevano perso la loro testa tanto, tanto tempo fa. Però, in qualche modo, continuavano ad obbedire a Gaul.

Mi chiesi quanti, nei miei ranghi, erano diventati come loro, e quanto mi ci sarebbe voluto per sconfiggerli tutti.

«Mi hai sentito, Comandante? Sei congedato.»

Restai a guardarlo per un momento. Non potevo spiegargli che dovevo restare, dovevo vedere la donna che amavo tornare da me. E, allo stesso tempo, non sarei stato mandato via come un cane.

«Il tuo dovere con il Re è stato portato a termine» disse, ed aveva ragione. Non ero più a servizio del Re. Io, ora, servivo Yseult.

«Comandante?» rombò Magnus dietro di me. Lui, Ivar e

Lars stavano aspettando un mio ordine. Avrebbero combattuto insieme a me. Amavano la nostra donna tanto quanto me.

«Venite. Devo parlarvi» dissi, cominciando a camminare via. Quando passai accanto a Gaul, lui ridacchiò, sbeffeggiandomi.

Mi girai così in fretta che lui non riuscì a vederlo; né me, e nemmeno il mio pugno. La mia mano colpì la sua faccia così forte che lui fece un lungo passo indietro, colpendo i due Berserker ormai ridotti a nient'altro che manichini prima di cadere per terra. Ed io lo lasciai lì, con solo i suoi uomini a fargli da ombra.

«Ben fatto» disse Lars, scoccandomi un sorrisetto. «Era da troppo tempo che volevo farlo anch'io.»

Magnus ridacchiò, ma Ivar sembrava preoccupato.

«Tristan... Comandante. Devi fare attenzione. Ci sono troppi uomini che lo seguono.»

«Quanti?» chiesi. «Puoi scoprirlo?»

Con occhi spalancati, Ivar si limitò ad annuire.

«Allora fallo. Il vento sta cambiando» aggiunsi, mormorando. «Dobbiamo essere pronti.»

«Lo saremo» disse Magnus. «Sarà un piacere servire la nostra donna.» Portò il pugno sul suo petto, e Ivar e Lars fecero altrettanto.

«La nostra donna» ripetei, e feci lo stesso.

Avremmo combattuto per lei. Avremmo incontrato la nostra morte, se necessario, per lei.

«Dovrete stare di guardia, ancora e ancora, e aspettare i miei ordini» li raccomandai.

«Comandante» dissero all'unisono, d'accordo. Ivar e Lars andarono via. Magnus ed io, invece, ci girammo per aspettare il ritorno della nostra donna.

Speravo soltanto che soddisfacesse il Re per quella

notte, perché così non sarebbe morta. Ma, più di tutto il resto, volevo reclamarla come mia.

Se fosse sopravvissuta, l'avrei mandata via. Nell'angolo più remoto della Terra, anche oltre, se possibile. Non le avrei permesso di restare.

Anche se farla scappare via ne sarebbe valsa la mia stessa vita.

18

YSEULT

È *affascinante,* aveva detto Tristan. Ma a dire la verità, non avevo mai incontrato un uomo più bello di lui. Fattezze regali e precise, pelle liscia e pulita, pallida e perfetta lungo tutto il suo viso. Un viso che avrebbe fatto voltare chiunque in un villaggio, anche senza tutta quell'aria di potere intorno alla sua grande figura.

Ero abituata alla strana bellezza che la magia sembrava sempre portare a chi ne faceva uso da tanto tempo. Persino il mio viso, dopo tutti quegli anni, aveva preso quella sembianza quasi sovrannaturale, facendomi diventare impossibilmente attraente. Mi ero dimenticata come apparivo agli occhi degli altri per tanti anni, prima di guardarmi quella mattina, prima di rivedere il mio viso giovane e pulito, ma in realtà molto antico.

Mi ero aspettata che il Re Cadavere fosse affascinante; mi ero preparata a dovere. Ma ciò che non mi ero aspettata di vedere era la sua grande somiglianza con Tristan. Il Comandante aveva ragione; qualsiasi cosa fossero i Berserker in quel momento, era stato il Re a crearli, il Re che adesso servivano.

«Vuoi sederti, mia cara?» mi chiese il Re, le sue dita lunghe strette sul bordo del lungo schienale della sedia.

Con un piccolo cenno del capo attraversai il resto della stanza, muovendo il mio corpo come fosse nient'altro che un pupazzo di cui avevo io le redini.

Così vicino, il Re Cadavere era ancora più bello. Le sue labbra erano leggermente curvate in un sorriso, come se riuscisse a capire quanto sorpresa io fossi. Accanto allo stregone, il Comandante non sarebbe sembrato nient'altro che un ragazzo, uno dall'aspetto sporco e ruvido. Ma la bellezza di Tristan era reale. Il fascino del Re, invece, era dovuto interamente alla magia. Da togliere il fiato, certo; ma finto, alieno, impossibile.

«Sei affamata?» mi chiese.

«Un po', mio signore» mentii.

Con un movimento della mano, il tavolo venne riempito di cibo.

Io finsi stupore, come se non avessi mai visto magia in tutta la mia vita. Il profumo della carne arrostita mi colpì in pieno, facendomi stringere lo stomaco.

Lo sentii scoccarmi un sorrisetto. Con tutti quei sussulti e quei tremori, dovevo davvero sembrare una stupida ragazzina. Forse mi avrebbe creduta semplice, e sarei riuscita ad andare via da quella stanza ancora intatta.

«Mangia, allora» disse, facendo cenno verso il tavolo. «Non c'è motivo di seguire le formalità; siamo solo io e te.» Il Re andò verso l'altro capo del tavolo, sedendosi.

Al suo passaggio, riuscii a sentire la puzza di qualcosa di putrido, andato a male sotto quei suoi vestiti pregiati. Come fossi appena passata accanto ad una tomba aperta. La puzza mi fece venire le lacrime agli occhi, ma in un attimo sparì.

Non riuscii a fare a meno di notare quanto quello

entrasse in contrasto con il suo aspetto e la sua voce seducente.

Presi un piccolo pezzo di pane da un vassoio, cominciando a giocarci con le mani, guardando il Re senza portare gli occhi direttamente sul suo viso, come un coniglio in attesa dell'attacco di un serpente. Solo perché al serpente piace fingere che non abbia alcuna intenzione di attaccare, non vuol dire che per il coniglio sia saggio, abbassare la sua guardia.

«I miei uomini ti hanno trattata bene?» mi chiese, e la sua domanda così improvvisa mi fece spaventare.

«Sì, mio signore. Abbastanza.»

«Ti hanno interrogata?»

«Sì, ma devono essersi resi conto che sono innocua.»

«Non molte ragazze riescono ad arrivare vicino alla mia casa. Ho una reputazione, sai? Molte donne vengono mandate dal loro villaggio alla ricerca di favori da parte mia. Suppongo sia per questo che sei venuta anche tu?» chiese, poi però si fermò. «Non stai mangiando.»

Presi un'altra volta il pane e diedi un piccolo morso. Mi aspettavo fosse pregno di magia, in grado di inibire i miei sensi allo stesso modo in cui il suo aspetto faceva, ma il suo sapore era normale. Sapeva di vero pane, sebbene il mio nervosismo lo trasformasse immediatamente in cenere dentro la mia bocca.

La sua mano indicò il piatto di fronte a lui, completamente vuoto. «Io non ho fame, ma sono terribilmente assetato.»

Un rumore mi fece sussultare. Un piedistallo sul cui piano liscio erano poggiati una caraffa di vetro e un bicchiere apparì dal nulla, e sentii la mia pelle riempirsi di brividi.

«Vuole che la serva, mio signore?» chiesi, sentendo i

brividi salire lungo le mie gambe. C'era qualcosa che non andava.

«No, non ce n'è bisogno» mi disse, e sotto i miei occhi la caraffa venne alzata da mani invisibili. Un liquido spesso e rosso venne versato sul bicchiere a forma di calice, intarsiato di rubini color cremisi.

Quegli stessi rubini sembrarono luccicare quando il bicchiere venne alzato e passato per aria, volando da me fino ad arrivare al Re. Ancora una volta, sentii quella stessa puzza troppo vicina.

«Perdonami, devo aver dimenticato le buone maniere. Hai sete? Ne vorresti un po'?»

Io scossi la testa in diniego. Qualcosa mi diceva che qualsiasi cosa fosse, quella dentro il bicchiere, non era per niente vino rosso. Non l'avrei mai bevuta.

E poi le vidi, seduta in attesa tra le ombre, oltre il trono.

Donne.

Tantissime donne, bellissime e silenziose, vestite di stracci che lasciavano spoglie le loro braccia. I loro capelli erano alzati in acconciature elaborate, tra di essi decorazioni degne di regine.

Mi stavano guardando, tutte loro. Una teneva una mano poggiata in grembo, come fosse ancora incinta.

Anche quel piccolo briciolo di appetito dentro di me andò via.

«I miei uomini ti hanno spiegato che grande privilegio sia, essere mia consorte?»

Senza distogliere gli occhi dalle donne fantasma, risposi alla sua domanda. «Mi hanno detto che hai avuto tante mogli. Che chiedi agli abitanti del villaggio di mandarti ogni ragazza in età da marito, per tenerti quante più mogli possibili.»

«Solo le più belle» mi disse, e il suo sorriso mi fece rivoltare lo stomaco.

«Dove sono?» chiesi allora, anche se conoscevo già la risposta.

«Muoiono tutte giovani. Una tragedia.»

Vidi i fantasmi muoversi, allora, rompendo le righe.

«Tutte quante?» chiesi, sussurrando.

«Alcune subito dopo aver dato alla luce i miei figli. Altre restano per un po', ma ogni volta si ammalano. Prima o poi, soccombono tutte» disse, scrollando le spalle. «E così resto da solo.»

«E i tuoi figli?»

«Tutti maschi. Alcuni riescono ad arrivare all'età adulta; la maggior parte di loro, però, muoiono poco dopo le loro madri.»

«È terribile» raschiai.

«Sì. E così, come vedi... resto solo.»

Solo, solo, solo, ripeté la sua voce nella mia testa, dentro la stanza, un vento raccapricciante a bagnare le pareti. Le donne fantasma non si mossero. Alcune guardavano il loro Re con disprezzo.

«Quindi, vedi, Yseult» riprese, la sua voce a stringersi intorno al mio corpo, come fosse una catena. «Sto cercando quella donna che riesca a sopravvivere al mio potere. Quella che riesca a restare in salute, in vita. Quella che resterà al mio fianco, a regnare con me come mia regina. Per sempre.»

I suoi occhi sembrarono prendere fuoco, ma io non riuscii a guardare nient'altro che non fossero le donne fantasma. I loro occhi sembravano volermi avvertire: *scappa, mettiti in salvo finché sei ancora in tempo.*

Faticai a trovare il mio respiro contro qualunque fosse quell'incantesimo che il Re Cadavere mi aveva stretto intorno al corpo. Anche in quel momento, la sua voce continuava a cantare una litania dentro la mia testa. *Così bella, così giovane. Senti questo potere. Sarai una regina. Per sempre.* I suoi pensieri mi riempivano la mente.

No, non lo sarò. Io sono... con paura, realizzai di non riuscire più a ricordare il mio nome.

Tristan, urlai in silenzio. *Lars, Ivar. Magnus!* Riportai alla mente i loro volti, scuri e chiari, barbuti e non. Quegli uomini erano reali. Ruvidi, selvaggi, alla ricerca dell'amore. Come avrei fatto a dire loro chi ero? Come avrei fatto a vivere con loro, se il giorno dopo avrei dovuto andare via?

«Yseult.» Il Re Cadavere mi chiamò all'improvviso, e sollevai la testa di scatto. Lui era lì, davanti a me, ombre scure a nascondergli il viso. Improvvisamente, sembrava uno scheletro. Tutta la sua finta bellezza era sparita, e davanti a me ora c'era un mostro, qualcosa che non apparteneva al mondo dei vivi, ma a quello dei morti.

Cercai i fantasmi delle sue mogli precedenti, ma erano sparite. Cacciate via. Il silenzio aveva preso il posto che loro avevano occupato, e quello urlava, gridava, forte come il vento.

«Sei più di ciò che sembri» disse la sua voce, raggiungendo le mie orecchie senza che le sue labbra si muovessero di un millimetro.

«Io... non so cosa intendete» sussurrai.

«Mi piaci.» Le sue dita lunghe e scheletriche si allungarono verso il mio viso, e dovetti utilizzare tutta la mia forza per non scansarmi. «Non incontravo una donna come te... da tantissimo tempo.»

I suoi occhi bruciarono dentro i miei, ed improvvisamente io non seppi più come fare a respirare.

I miei polmoni pregarono per ritrovare l'aria. E, d'improvviso, come se l'avessi dimenticato e ricordato tutto a un tratto, il Re Cadavere schioccò le dita e la catena stretta intorno al mio petto andò via. Sussultai, prendendo un profondo respiro.

«Ti chiamerò ancora, questa notte. Tu verrai, e mi obbedirai.»

Annuii, restando in silenzio. Cos'altro avrei potuto fare?

Le sue dita tornarono ancora una volta verso il mio viso. Se una volta lo avevo considerato bellissimo, adesso non era altro che uno scheletro con occhi di fiamme, la pelle tirata intorno al suo viso. Le sue dita portarono con sé la puzza del bicchiere dal quale aveva bevuto, un forte odore di metallo misto a spezie ed erbe utilizzate per purificare le tombe.

«Così giovane» disse ancora, la sua voce profonda come una carezza. «Così bella.»

Quando sentii le sue dita ossute stringersi intorno le mie spalle, provai a restare completamente immobile. La sua mano si strinse intorno al mio collo; bruciava come fuoco ghiacciato.

Le sue labbra toccarono il mio orecchio.

«Stanotte, indossa i doni che ti ho fatto portare.»

Poi, così com'era arrivato, sparì nel nulla.

Saltando fuori dalla mia sedia, corsi lungo le scale, oltre il luogo dove le sue mogli precedenti avevano preso posto, e scappai via dalla stanza.

Risate soffici e sbeffeggianti riecheggiarono lungo tutta la sala, tutt'intorno a me, ma quando anche queste sparirono, l'unico suono rimasto era quello dei miei piedi che, con urgenza, cercavano di trovare una via d'uscita.

Venni presa dal panico quando, di fronte le porte, non riuscii ad aprirle.

«No!» sussultai. «Fammi uscire!»

Con tutta la forza che avevo in corpo le spinsi, aprendole un poco, facendomi largo a fatica dentro quello spiraglio per andare via.

Due guardie silenziose erano appostate ad entrambi i lati delle porte, e non fecero un singolo movimento per provare ad aiutarmi. Inciampai e mi rimisi in piedi, scappando un'altra volta. L'aria era diversa, da quel lato delle porte, fresca ed invitante. Mi sentii come fossi stata intrappolata all'interno di una tomba per tutto quel tempo, e fossi finalmente stata liberata.

Correndo, strinsi ogni singolo pilastro che incontravo durante il cammino per non scivolare a terra, poi mi fermai di colpo per rigettare quel poco che avevo mandato giù durante la cena. Le guardie continuarono a non muoversi, ma una volta finito io ripresi a correre, per paura di essere riportata indietro.

«Yseult?»

Non mi fermai, neanche quando una figura fasciata dall'armatura si materializzò di fronte a me.

«Yseult?»

Tristan mi afferrò tra le sue braccia, ed io provai a liberarmi, a scappare.

«Yseult, sono io!» disse, portandomi via da lì, tra le ombre delle enormi colonne di marmo.

Il suo viso preoccupato mi si palesò finalmente davanti, ricordandomi tutte le donne che avevo visto. Quei visi familiari. Avevo visto le sue mogli. I loro fantasmi.

«Portami via da qui» sussurrai.

«Va tutto bene, sei al sicuro» mi rassicurò Tristan. Odorava di campo, di erba e di alberi, di aria fresca; di realtà.

E mi accorsi solo dopo un po', di aver cominciato a piangere.

«Ce ne andiamo. Vieni.» Più ci allontanavamo, più riuscivo a liberarmi delle ragnatele che la magia dello stregone aveva stretto intorno alla mia mente. Il Re mi aveva quasi completamente stregata, decidendo solo all'ultimo di lasciarmi andare per giocare con me. Non ero forte abbastanza per affrontarlo, eppure dovevo tornare da lui.

Cosa avrei dovuto fare?

«Sh, Milady» mi calmò Tristan, e realizzai che avevo cominciato a singhiozzare. Mi fece sedere, ed io mi strinsi su di lui; Tristan, però, non aveva alcuna intenzione di lasciarmi andare. Seduta sulle sue gambe, fece scivolare un braccio per poggiarlo sulla mia schiena. «Ti prego, non piangere» mormorò, come una mamma con il suo bambino.

Per la Dea, tutte quelle donne uccise. Lo stregone le prendeva in moglie, poi le svuotava dei loro poteri. Se avesse giocato come al solito, io sarei stata la prossima.

«Tristan» sussurrai. Il guerriero strinse le braccia intorno al mio corpo, il calore del suo corpo a farmi rilassare. Mi strinsi a lui.

Ero stata spedita indietro nel tempo per scoprire i segreti dello stregone e trovare un modo per distruggerlo; ma senza la mia magia, ero indifesa tanto quanto lo erano i fantasmi delle sue mogli precedenti. Non c'era nulla che avrei potuto fare, da sola.

«Tristan» dissi di nuovo, alzando la testa per poterlo guardare, e nel momento stesso in cui i nostri occhi s'incontrarono, le fiamme divamparono dentro di me. Lui dovette sentirlo altrettanto; lo capii dal modo in cui bruciavano i suoi occhi. La sua mano si poggiò sulla mia guancia prima che le sue labbra prendessero le mie.

I cancelli che tenevano incatenati il mio cuore sembrarono aprirsi di colpo, con un rumore fortissimo. Una vita intera passata a sopprimere le mie emozioni, una vita dedicata all'addestramento, tutto venne spazzato via. Mi spinsi più forte contro il suo petto duro, le mie mani alla ricerca dei suoi capelli per avvicinarlo di più, come fosse la mia roccia durante una burrasca.

Alla fine mi allontanai, terminando il bacio con un gemito. Il mio corpo bruciava di desiderio, come non fosse più il mio.

«Non chiedermi di riportarti da lui» mi sussurrò con forza lui sulle labbra. «Non lo farò. Non posso.»

Un vento freddo ci colpì entrambi, sussurri accompagnati da essi. Ricordai chi ero, dove fossi, e mi allontanai un po'. «Devo» sussurrai. «Il Re vuole vedermi di nuovo, vuole che vada da lui.»

Tristan imprecò. «Quando?»

«Questa notte.»

Continuando ad imprecare, si passò le dita tra i capelli folti. Mi aveva riportato di nuovo nelle mie stanze, e mi aveva fatto sedere in uno dei piccoli divani. Alzandosi, prese a camminare con forza verso il tavolo, tornando indietro con un bicchiere tra le mani.

«Tieni, bevi questo.»

Era acqua, e non potei che essere grata della sua freschezza. Tristan si sedette accanto a me. Non ci stavamo neanche toccando, ma riuscivo a sentire il suo calore sul mio corpo in ogni caso.

«Devi dirmi tutto quanto. Che cosa è successo? Che cosa hai visto?»

«Ho visto lo stregone. Il Re.»

«Lui era lì? Non ti ha semplicemente parlato dall'aria?»

«All'inizio lo ha fatto, sì. Poi si è mostrato.»

Restai a fissare il bicchiere, ricordandomi dei fantasmi. Anche adesso riuscivo a sentirle camminare all'interno delle loro vecchie stanze. Fino a quando non avessi scoperto le loro intenzione, non le avrei menzionate; non le avrei chiamate in un regno che non gli apparteneva.

«Mi dispiace di non averti detto di più.»

«Tristan» dissi, alzando gli occhi su di lui. «Devo dirti una cosa.» Era il Comandante del Re. Se avessi confessato che volevo uccidere il suo Re, avrebbe dovuto uccidermi.

Ma mi aveva baciata. Era più di un semplice flirt; era più di un gioco, più di quel piccolo bacio che avevo condiviso con Lars. Il bacio di Tristan mi aveva schiarito la mente.

«Sono più di ciò che sembro—» cominciai, fermandomi immediatamente quando voci di uomini presero a riecheggiare nella stanza.

«Va tutto bene» mi rassicurò Tristan quando mi vide sussultare. «Sono solo Ivar e Lars.»

E Magnus, che però restò vicino la porta, nascosto tra le ombre con le armi in mano. Era più alto degli altri.

«Milady» disse Lars, il suo viso acceso di preoccupazione e contentezza di vedermi. «Siamo lieti di vederti di nuovo qui. C'è una cosa che vorremmo mostrarti.»

Quando Tristan annuì, lui prese la mia mano e mi aiutò ad alzarmi, poi mi portò in giardino, ed io persi il respiro. Fiori bianchi appena sbocciati erano ovunque guardassi, alcuni di loro poggiati intorno alla fontana, i loro petali a galleggiare sull'acqua.

«Volevamo farti un regalo» mormorò Tristan.

Sorrisi tra le lacrime ancora nei miei occhi.

«Li abbiamo trovati a nord delle mura» disse Lars, prendendo un fiore per darlo a me. «Fiori della Luna. Fioriscono durante la notte.»

«Non li avevamo mai visti prima di adesso. Sono apparsi lungo le mura dopo il tuo arrivo, e sono sbocciati dopo il tramonto» disse Ivar. «Lo fanno soltanto una notte.»

«Mia madre diceva, *Se i fiori ancora riescono a sbocciare, vuol dire che c'è ancora del buono, nel mondo*», aggiunse Lars.

«Grazie» dissi, a malapena in grado di proferire parola.

In qualche modo, per qualche motivo, quegli uomini tenevano a me.

E se anche non l'avessero fatto in quel modo, io non sarei più riuscita a tenere i miei segreti. Sarebbe stato meglio dire loro la verità, piuttosto che affrontare l'ira del Re Cadavere da sola, senza aver mai detto loro nulla.

«C'è una cosa che devo dirvi. A tutti voi.»

«Non qui» disse Tristan, poi prese il mio braccio e mi riportò dentro le stanze, sedendosi sul divano con me. Gli altri tre si fecero largo all'interno della stanza.

«Ero una strega, una volta. In un tempo e in un posto lontani da qui. Mille anni dopo il vostro tempo, per essere esatti.» Gli diedi un attimo per poter assorbire le mie parole. «Sono nata con dei poteri, magia naturale, un dono della Dea. Una profetessa. Ma più avanti ho scelto un'altra strada per me stessa.» Guardai il viso di ognuno, uno alla volta, valutando le loro reazioni. «Ogni tipo di magia richiede del sacrificio. Anche per solo per un piccolo incantesimo, dovrà essere fatto un piccolo sacrificio. Un po' di sangue, un osso. Se gli incantesimi sono più grandi, allora più grande sarà il sacrificio. Durante la mia vita, ho sacrificato tanto, per avere i miei poteri.»

«Cos'hai sacrificato?» chiese Magnus, e la sua voce rimbombò dalle tenebre.

«Niente che possa essere grande quanto ciò che ha sacrificato lo stregone. Non sono un'assassina. La stregoneria è un abominio, va contro le leggi della Terra, della natura...» Per un attimo, mi sembrò di sentire i fantasmi delle donne che una volta erano state le sue mogli sussurrare intorno a me. Un soffio di vento fece svolazzare la mia veste. «Tanto tempo fa, nel mio tempo, ho deciso di rinunciare alla mia magia naturale per addestrarmi con le streghe. Sacrifichiamo animali—topi, capre, piccoli animali. Il loro dolore e la loro morte ci dona potere. Io sono diventata forte, più forte di tutte le mie sorelle. E per questo sono stata scelta per affrontare lo stregone.

«Nel nostro tempo, lui era stato fermato con un incantesimo che lo aveva fatto cadere in un sonno lungo mille anni. Ma adesso è libero, e torna ad essere una minaccia per tutti noi. Io sono stata mandata qui per trovare un modo, un incantesimo, una debolezza, che possa aiutarci a sconfiggerlo. Ho bisogno di scoprire i segreti dell'incantesimo che lo ha intrappolato, e tornare dalle mie sorelle nel mio tempo. È per questo che sono qui.» Lentamente, alzai i miei occhi su di loro. Quattro uomini, così diversi eppure, in qualche modo, così simili. Tutti guerrieri, legati al Re, ma forse... forse... loro erano l'aiuto che la Dea mi aveva mandato.

Oppure no. Oppure avevo letto male i loro segnali, e dopo il mio racconto mi avrebbero personalmente consegnato al Re, oppure avrebbero deciso di uccidermi seduta stante.

«Come troverai l'incantesimo?»

«Non lo so» dissi, la voce spezzata. «Quando sono arrivata, qualcosa—probabilmente le difese del Re Cadavere, oppure l'incantesimo lanciato dalle mie sorelle—mi ha privato totalmente dei miei poteri. Non posso usare la mia magia per nascondermi, e neanche per salvarmi. È per questo che sei riuscito a catturarmi» dissi ad Ivar, e lui annuì.

«E adesso il Re ha detto che devo tornare da lui.»

Ivar sospirò. «Ha scelto di prenderti in moglie.»

Io annuii. «Se mi sposa, quanto tempo mi resterà, da vivere?»

«Non a lungo» rispose lui. «Dipende. Alcune donne s'indeboliscono e muoiono immediatamente. Altre riescono a sopravvivere abbastanza a lungo da dargli qualche altro erede. Ma, ad un certo punto, in un modo o in altro, tutte loro muoiono. Se non direttamente dalle sue mani...» disse, ma non finì la frase.

Lo feci io per lui.

«Dalla sua magia nera, che risucchia completamente via la loro essenza.»

Tristan parlò, finalmente. «Non posso lasciarglielo fare. Non lo permetterò.»

«Sh...» gli dissi, poggiando un dito sulle sue labbra per fermare le sue promesse. «Non c'è nulla che tu possa fare. Sei il suo Comandante, hai giurato di proteggerlo. Se lui sapesse—»

La sua mano strinse la mia, portandola giù, baciandone il dorso con le labbra. «La mia vita è tua.»

«E la mia» disse Magnus, allontanandosi dalle ombre per avvicinarsi a me. Nonostante la sua grande stazza, sapeva muoversi in maniera leggera e con grazia. «Insieme alla mia spada.»

Lars ed Ivar s'inginocchiarono di fronte a me, mormorando la stessa cosa.

Non riuscii a fare niente per fermare le lacrime che presero a cadere sulle mie guance. «Mi conoscete appena...»

«Ti conosciamo dai nostri sogni. Nelle tue mani hai il potere di salvarci dalla pazzia della Bestia» disse Tristan.

«Il nostro incontro era già stato scritto», disse invece Ivar.

Sapevo fosse vero. Nel momento stesso in cui avevo poggiato gli occhi su di loro, sapevo di aver già visto quegli uomini, in qualche modo. Dissi loro altrettanto, e le loro espressioni gioiose mi spezzarono il cuore. Quei guerrieri sarebbero scesi in battaglia, per me. Ma per nulla; contro lo stregone, loro sarebbero morti.

«Troveremo un modo per sconfiggerlo» disse Tristan. «Hai detto che è stato intrappolato per mille anni.»

«Sì» dissi, poi mi fermai un attimo, esitando nel rivelare la mia vera paura. «Ma la leggenda narrava di una delle sue mogli; era stata lei a gettare l'incantesimo, trovando un modo per intrappolarlo, unendo le sue forze a quelle delle mogli precedenti per andare contro di lui.»

«Ma lui non ha alcuna moglie, adesso» disse Ivar.

Pressai le labbra l'una contro l'altra. Cosa voleva poter dire? Il mio essere tornata indietro nel tempo aveva potuto cambiare il corso degli eventi?

Un colpo forte alla porta fece alzare i guerrieri immediatamente in piedi. Con la spada sguainata, Magnus aprì la porta, e alzò gli occhi al Cielo a chi stava sull'uscio.

«Il Re ha richiesto la presenza della donna a mezzanotte.» Riconobbi la voce di Gaul.

Lasciai cadere la testa sulle mie mani. Così presto... Avevo sperato di poter avere un attimo di pace, un momento per cercare di capire cosa fare; nei meandri del mio cuore, avevo sperato che lui avesse potuto cambiare idea.

«Capito» disse Magnus, procedendo a richiudere la porta in faccia al messaggero. Sentii una colluttazione, e poi Gaul si fece spazio all'interno della stanza. Il suo occhio destro era nero, gonfio a causa di un pugno, e anche se Ivar e Lars gli sbarrarono la strada, i suoi occhi riuscirono comunque a trovarmi, guardandomi con odio.

«Ho altro da dire!» disse, sputando verso di me. «Deve indossare i vestiti che lui ha scelto. Deve avere l'aspetto di una regina. È l'ordine del Re.»

«Lo farà» disse Tristan. «E adesso vattene.» La sua voce era pregna di potere, e per mia sorpresa, Gaul obbedì.

Magnus gli sbatté la porta in faccia una volta fuori. «Si fa sempre più coraggioso» ringhiò l'enorme gigante.

«Ce ne occuperemo noi» disse Tristan. «Di lui, e di chiunque sia che lo segue.»

«Vado a seguirlo, così lo tengo d'occhio» disse Magnus, poi fece un inchino verso di me e andò via.

«Milady, dovresti riposare. Non hai molto tempo» disse Ivar. «Ti lasceremo sola.» Lo vidi afferrare il braccio di Lars, ma il biondo scattò in avanti, inginocchiandosi di fronte a me per lasciarmi un piccolo bacio. «Alla prossima volta, Milady» disse, muovendo le sopracciglia fino a quando non riuscii a fare a meno di ridere. Lui mi sorrise, e insieme ad Ivar andò via.

Tristan si avvicinò a me, una volta soli. La sua mano andò sul mio collo, ed io sussultai. Con la fronte aggrottata, Tristan scostò il mio vestito per controllare, e poi trattenne il respiro.

«Chi ti ha fatto del male, Milady?»

Cercando di guardare, notai i lividi scuri sulla mia pelle. «Lo stregone mi ha toccata», dissi. Dovevano essere state le sue mani ad aver lasciato quei lividi bluastri.

Il corpo di Tristan si tese come una corda di violino, ma la sua voce, quando parlò, era fredda. «Non farli vedere a Magnus. Potrebbe fargli perdere di nuovo la testa.»

«Si è ripreso del tutto, adesso?»

La rabbia emanata dal suo corpo sembrò placarsi un po', in qualche modo, quando rispose. «Sì, sembra di sì. Un vero miracolo.»

«Fuori, in campo, sembrava terrorizzare tutti quelli pazzi abbastanza da sfidarlo.»

«Oh, quello è il tipico Magnus» ridacchiò Tristan. «Non sarà mai delicato, ma grazie a te ha ritrovato la sua sanità mentale. Un miracolo. Un raggio di Sole durante la tempesta.»

«Bene» dissi, chiudendo gli occhi quando sentii la stanchezza prendermi di colpo.

«Dovresti riposare» disse Tristan, muovendosi come per andarsene; io gli afferrai la mano.

«Resta con me. Per favore.»

Mi spinsi contro di lui. E lui, lentamente, come spaventato che potessi scappare via, portò una mano tra i miei capelli, per accarezzarli.

«Non devi farlo per forza, sai?» mi disse una volta coricati, io già quasi addormentata.

«Mh?»

«Noi quattro abbiamo parlato. Abbiamo trovato un modo per farti scappare.»

Alzai il viso verso di lui, non sentendo più la stanchezza. Mi avrebbero aiutata a scappare. Ma poi cosa sarebbe successo a loro?

«Sono stata mandata qui per trovare un modo per fermare il Re Cadavere, prima che distrugga per sempre la mia gente.»

«E sai come fare?»

«No. Avrebbero dovuto mandare qualcun altro. Qualcuno che sa come combattere anche senza i propri poteri. In questo momento, io non saprei proprio come affrontarlo.»

«E allora cos'hai intenzione di fare? Offrirti a lui? Che crimini puoi aver mai commesso, al tuo tempo, per meritare un simile sacrificio?»

Abbassai lo sguardo sulle mie mani.

Tristan imprecò, afferrando un pezzo di legno e gettandolo sul camino spento.

«E se non cambiasse nulla? Se non ne uscisse nulla di buono?»

«Devo comunque provare» sussurrai.

«Perché ti hanno mandata qui senza armi? Senza nulla da poter usare contro di lui?»

«Ho la mia intelligenza, il mio aspetto.»

«La tua innocenza» disse, le dita tra i miei capelli. «Verrai sacrificata sull'altare dello stregone, e nessuno, tra la tua gente, saprà cosa ti è successo.»

Pregai silenziosamente che ciò non accadesse.

Le sue spalle sprofondarono giù, senza speranza. Anche senza il suo elmo, il suo mantello e la sua armatura, era la perfetta rappresentazione di un uomo potente, sebbene frustrato. Per quanto forte fosse, in quel momento non c'era nulla che avrebbe potuto fare, per proteggermi.

Poggiai una mano sul suo braccio. «Starò bene.»

«Davvero? Lo sai cosa il Re fa alle donne innocenti che finiscono tra le sue mani? Le ammalia, se le porta a letto. Le tiene all'interno del suo harem, le mette incinta. E quando ha finito, le sacrifica sul suo altare, per fortificare il suo potere.»

«Lo hai visto farlo?»

«Ho guardato… troppe volte. Tutte le nostre madri. E i suoi bambini…»

Mi irrigidii di colpo. Avevo sentito storie orribili riguardo al modo in cui lo stregone trattava i suoi bambini. «Che ne è dei suoi bambini?»

«Tutti maschi. Diventiamo la sua armata. Tutti mezzi fratelli. Condividiamo un legame, e abbiamo un grande potere.»

«Fino a quando la magia dello stregone non vi fa perdere la testa» dissi. «Nel mio tempo, noi lo chiamiamo 'Il Re Cadavere'.»

Tristan ridacchiò aspramente. «Siamo noi i suoi soldati. Siamo noi a far marciare i corpi.»

Poggiai un'altra volta la mano sul suo braccio, provando

a fermare quelle dure parole. «Tu sei un uomo d'onore, Tristan. Lo stregone tiene fin troppe persone sotto il suo pugno. In questo tempo, nel mio tempo, come Re Cadavere.» Non gli dissi il motivo reale per cui avevamo adottato quel nome per lui. Non gli dissi che, nel mio tempo, il Re Cadavere uccideva solo per riportare in vita i corpi dei cadaveri da usare come morti viventi, come servitori, animati dall'arte più oscura della magia—la negromanzia. «Non si fermerà fino a quando non ci avrà messi tutti sotto il suo comando. Questo è ciò che temiamo. Ed è per questo che devo affrontarlo. Devo, Tristan. È il motivo per cui mi trovo qui.»

«Yseult» disse, voce bassa. La sua mano mi circondò il viso. Aspettai il suo bacio, ma lui si limitò a stringermi, a studiare il mio viso con tristezza. «Se io ti lasciassi andare, tu scapperesti via?»

«No» gli dissi, ma i miei occhi caddero in basso, perché avevo paura anch'io. Speravo soltanto di non perdere tutto il mio coraggio, quando sarebbe arrivato il momento di agire.

«E allora sarà meglio che ti prepari. Ti porterò da lui.»

Mi preparai a quella nuova chiamata da parte del Re Cadavere allo stesso modo in cui mi ero preparata all'incantesimo delle mie sorelle. Mi lavai, anche se in modo semplice, con una scodella d'acqua calda e un panno. Usai la mia veste per asciugarmi, fasciando poi il mio corpo con il vestito intarsiato d'oro, con grande riluttanza. Il Re aveva mandato anche delle scarpe, e dopo aver pulito i piedi, indossai anche quelle. Trovai una spazzola in una delle stanze, e prima di utilizzarla mandai una preghiera alla sua vecchia proprietaria. Poi presi ad attaccare i miei capelli, e infine guardai il mio riflesso sull'acqua della fontana. Ero pallida, con cerchi neri sotto gli occhi; sembravo un fantasma. I capelli creavano una sorta di alone intorno alla mia testa. Per quanto ci provassi, non sarei mai riuscita ad appiattirli del tutto.

Infine decisi di fare una treccia, poggiando qui e lì qualche petalo di fiore. Lasciavano andare un gran profumo, se schiacciati, e per un po' giocai con loro, godendomi l'unico vero regalo che mi fosse piaciuto fino a quando avessi potuto. Non avevo mai avuto nessuno che avesse provato a corteggiarmi.

«Milady.» Tristan uscì fuori in giardino, l'elmo sotto il braccio. Il suo passo si fece più lento quando mi fu abbastanza vicino, e con un dito accarezzò i miei capelli. «I fiori più belli crescono sempre durante la notte.»

Lasciai andare fuori un sospiro tremolante. «Da dove vengo io, non sono considerata bella.»

«Allora la gente del tuo tempo deve essere cieca.»

Oppure ero io stessa a nascondere la mia bellezza, con la magia, con il mio essere strana, con il mio potere. «Avrei voluto conoscerti prima.»

«Yseult... non è ancora troppo tardi per scappare.»

«Non posso... Le mie sorelle mi stanno aspettando, mille anni più avanti. Devo trovare un modo per sconfiggere il Re Cadavere e farlo sapere loro. Anche se non dovessi sopravvivere.»

Tristan mi strinse a sé, le sue labbra sulla mia fronte. «Non posso farlo. Non posso portarti da lui. Ti prego, non chiedermelo.»

Strinsi le braccia intorno al suo corpo, alzandomi in punta di piedi per poggiare la mia guancia sulla sua. Non avevo mai avuto bisogno di un uomo, ma in quel tempo, in quel regno, avevo bisogno di Tristan così come i miei polmoni avevano bisogno d'aria. Senza toccarlo, senza vederlo, senza parlargli, sarei morta.

«Dobbiamo trovare un modo per sconfiggerlo» disse. Io

restai in silenzio, perché non ne avevo alcuno. Non avevo armi.

Tristan tirò fuori la collana con il talismano che portava sempre al collo. «Prendi questa. Mia madre era convinta che la proteggesse da lui.» La pietra di Luna lanciò un fascio di luce nell'oscurità. «L'ha data a me prima di andare via. E adesso io la do a te. È tua, Milady.»

Annuii, abbassando il capo per permettergli di metterla sul mio collo.

«Tornerò» gli dissi. «Affronterò il Re Cadavere, e tornerò.»

Una grande sagoma cadde su di noi. Magnus, in attesa sull'uscio della porta.

«È ora, Milady.»

19

YSEULT

Il viaggio verso le stanze del Re fu breve. Lungo i corridoi, file di Berserker ci guardava da entrambi i lati. Vidi Gaul e alcuni dei suoi seguaci guardarmi male, ma la maggior parte aveva un'espressione attenta, in attesa.

Di fronte le porte dorate, Tristan si fermò. Io mi girai con lui, guardandolo. «Da questo momento in poi, andiamo soli.»

Lars, Ivar e Magnus sembravano preoccupati.

«Starò bene» dissi loro. Almeno sapevo cosa avrei affrontato. Il Re Cadavere avrebbe provato a sedurmi. Se non ci fosse riuscito, avrebbe utilizzato la sua magia per sopraffarmi. Avrebbe potuto facilmente stuprare la mia mente, lasciarmi completamente vuota, con in testa soltanto la consapevolezza di essere sua schiava, il guscio di una donna che lui avrebbe potuto usare a suo piacimento, per asservire altri figli. E poi avrebbe risucchiato tutta la mia magia da profetessa, in qualsiasi modo avesse potuto.

E in tutto ciò, in qualche modo, io avrei dovuto combattere.

Tristan mi guidò verso le porte, che si aprirono una volta che ci ritrovammo di fronte ad esse senza nessuno a farlo per loro, portando le ombre a sibilare immediatamente.

Per un momento, uno solo, mi poggiai su Tristan.

«Yseult» respirò lui, ed io lo guardai negli occhi, pregandolo in silenzio di non chiedermi di scappare. Se l'avesse fatto, io avrei detto sì. Ma scappare avrebbe solo portato alla sua morte, e alla mia. Non c'era un posto, in quel mondo, in cui il Re Cadavere non sarebbe riuscito a trovarmi, se avesse voluto. Nessun posto dove nascondersi.

«Sto bene» dissi, e lui mi studiò con quei suoi occhi scuri, e mi sembrò che riuscisse a vedere nei miei più di quanto ero disposta a fargli vedere.

«Molto bene» disse, lasciando un bacio sulla mia fronte prima di allontanarsi. «Torna da me, Yseult.»

Con la gonna del mio nuovo vestito a strisciarmi sotto i piedi, mi girai per tornare dentro la gabbia del Re. Tutto il coraggio che avevo sentito durò il tempo di qualche passo; giusto prima di vedere il lungo corridoio che portava al trono e, ora, ad un letto. Ancora una volta non c'era traccia del Re, ma io mi fermai, la pelle piena di brividi. Qualcuno mi stava seguendo.

Quasi di fronte al letto, notai ancora una volta le fila argentee dei fantasmi delle donne, tutte intorno a me. Se mi fossi girata per guardarle, loro sarebbero sparite. Le mogli precedenti, tutte morte.

Quella notte, loro sarebbero state mie compagne, e l'unico modo che avevo per scoprire cosa mi attendeva.

«Hai indossato i doni che ti ho fatto.» La voce spessa nell'oscurità mi spaventò. Mi fermai di colpo. Il Re entrò nella stanza, addosso vestiti da stregone e una corona in testa. M'inchinai immediatamente, e lui mosse la mano per esortarmi ad andare da lui, ma io non riuscivo a muovere un muscolo.

«Sei bellissima.»

«Grazie.»

«Una regina. Degna di un Re.» Quella volta, quando la sua mano si mosse di nuovo, una forza invisibile mi mosse dalla mia postazione. Il cuore mi balzò in gola, ma non potevo fare nulla; non era il mio corpo che si stava muovendo, era la magia che lo faceva per lui. «Regnerai al mio fianco, Yseult. E il mondo intero cadrà ai nostri piedi.»

Mi toccò, e d'un tratto io non fui più dentro la sua stanza. Mi trovai in mezzo ad un campo di battaglia un'altra volta, di fronte a me numerosi Berserker intenti a combattere. Quella volta non stavano soltanto lottando per scherzo, però; stavano avanzando, pronti alla battaglia vera, mentre io ed il Re, al mio fianco, restavamo immobili a guardare.

Lo stregone parlò al mio orecchio. «Con il potere che abbiamo, nessuno potrà più sconfiggerci.»

La visione scomparve; il Re mi fece girare verso di lui, le dita sul mio mento, per alzare il mio viso. Il suo tocco bruciava la mia pelle, ma di fronte la sua bellezza, la mia testa prese a confondersi.

Tristan, sussurrò qualcuno. *Ivar. Lars. Magnus.*

Di chi erano quei nomi? Perché li conoscevo?

Ancora sotto la stretta del Re, i fantasmi presero a vorticare intorno a noi. *I nostri figli. Tu li conosci. Sono i nostri figli. Solo tu puoi salvarli.* I fantasmi delle profetesse. Voci femminili.

«È arrivato il momento» disse il mago. La sua voce profonda scivolò sul mio corpo, facendomi precipitare. Mi afferrò il polso, portandomi verso il letto. La mia mente prese a lottare contro quella forza invisibile che costringeva il mio corpo a seguirlo.

Yseult, mi chiamarono i fantasmi. *La pietra di Luna. Usala. Usa la collana.*

La collana? Me ne ero dimenticata. La mia mano libera andò al centro del mio petto, dove avevo nascosto la collana. Una collana così bella; troppo bella per restare nascosta.

Toccai la catena, e un forte dolore si propagò dentro la mia mente. No... non dolore. *Potere.* Simile a quello che una volta avevo, ma ancora più forte. La pietra di Luna sembrava canalizzarlo in pieno, facendolo scorrere dentro di me. Ero ancora solo Yseult, la profetessa. Ma, in quel momento— per un po'—avrei potuto attingere alla mia magia un'altra volta.

Poi il Re afferrò l'altro polso. Io persi il contatto con la catena, e la forza che aveva infestato la mia mente scomparve.

Provai a liberarmi, solo un attimo, e il Re mi schiaffeggiò con forza.

«Mi obbedirai» ordinò, e la mia spina dorsale si sciolse. Se non fosse stato per la presa che aveva sui miei polsi, sarei caduta per terra.

Un secondo dopo, il Re mi spinse sul letto. Provai a scappare, a scendere, e lui mi strinse una caviglia, le sue dita a bruciarmi la pelle.

Urlai. I fantasmi delle donne presero a risalire sul letto, mani trasparenti allungate verso di me, incapaci di afferrarmi.

La pietra, Yseult. La pietra!

Il Re mi spinse sulla schiena, schiaffeggiando via le mie mani per avere accesso al mio corpo. Poi afferrò il corpetto del vestito, e con un movimento secco e forte spezzò il tessuto proprio al centro.

Sì!, urlarono i fantasmi. Il Re, senza neanche volerlo, aveva appena liberato la pietra.

E, sul mio petto, la pietra gettò un fascio di luce, il più potente che avessi mai visto.

Il Re urlò, gettandosi le mani sul viso per nascondere i suoi occhi dalla luce. Io mi alzai immediatamente, pronta a scappare, ma all'improvviso una forza invisibile mi strappò la collana dal petto, spingendomi giù.

Quando toccai terra, mi sembrò di essere stata gettata giù da un dirupo altissimo. Alzai il viso, e mi ritrovai stesa ai piedi del trono, debole e tremante. Il mio petto era pieno di lividi, il vestito strappato.

Mi ritrovai Gaul a torreggiare su di me, altri Berserker dietro di lui. «Mio padrone, quali sono i tuoi ordini?»

«Portatela via» disse il Re dalla sua postazione, sul trono. «Datela ai guerrieri, per farne ciò che vogliono.»

«Mio signore» disse Tristan, facendosi avanti. Ivar e Lars erano dietro di lui, e salutarono il Re subito dopo Tristan.

«Un premio per te, Comandante» disse il Re, muovendo il mento verso di me.

Ivar e Lars afferrarono le mie braccia, scortandomi velocemente fuori dalle stanze.

«Piano» mi sussurrò Lars. Di fronte a noi, Magnus ci aspettava ai piedi delle porte.

Mi sentii pervadere dalla speranza. Mi avrebbero portata via dal castello. Mi avrebbero aiutata a scappare.

Ma non arrivammo neanche al giardino, prima che fila dopo fila di Berserker ci sbarrasse la strada.

Gaul si fece spazio oltre la folla, mettendosi di fronte tutti loro, armi in mano. «È il *nostro* premio. Verrà divisa da tutti noi.»

Un rumore affilato, e vidi Tristan stringere in mano la sua spada.

«Fate spazio» disse.

Nessuno dei guerrieri mosse un muscolo.

«*Fate largo!*» urlò ancora, e anche le pietre sembrarono tremare al suono del suo ordine, alla forza della sua autorità. La fronte di alcuni guerrieri s'imperlò immediatamente di sudore a causa dello sforzo che richiedeva, non rispondere al comando. Gaul strinse i denti, ma non si tirò indietro.

Dietro di me, il rumore di altre armi rimbombò nell'aria. Ivar, Lars e Magnus avrebbero combattuto insieme al loro Comandante. Quattro contro il resto. Sarebbero morti.

«Un attimo» gracchiai, schiarendomi la gola prima di dirlo un'altra volta, più forte. Quando nessuno sembrò ascoltarmi, feci l'unica cosa che sapevo avrebbe attirato la loro attenzione.

Mi liberai dei miei vestiti, lasciando che la luce della Luna bagnasse il mio corpo nudo. Anche pieno di lividi, sapevo che il mio corpo li avrebbe tentati.

Tra i mormorii dei guerrieri, gettai il vestito prezioso per terra e restai ferma lì, nuda di fronte a tutti.

«Mi arrendo» dissi loro. «Seguite gli ordini del Re.»

Camminai oltre Tristan, attraversando il campo. Per quando raggiunsi la postazione nella quale ero stata legata il giorno prima per l'interrogatorio, Magnus era al mio fianco. Ivar e Lars arrivarono subito dopo.

«Ecco» dissi, afferrando la corda appesa all'asse di legno.

«Perdonami, Milady» mormorò Ivar prima di legare i miei polsi sopra la mia testa.

Chiusi gli occhi, allora, aspettando che i Berserker venissero a folla per reclamarmi. Sarei stata massacrata dalla loro lussuria, e questa sarebbe stata la mia fine. Qualsiasi cosa sarebbe rimasta di me all'alba, quella sarebbe stata data al Re per permettergli di sacrificarmi.

Un vento freddo mi accarezzò il viso, ed io lo alzai verso il Cielo, pregando. *Fa che finisca presto, mia Dea.*

E aspettai. Ancora e ancora... ma non accadde nulla.

Allora aprii gli occhi... e vidi nient'altro che l'enorme schiena di Magnus di fronte a me. Era fermo, immobile, pronto ad attaccare. Ivar e Lars erano fermi al suo fianco, le spade sguainate. E Tristan, Tristan era di fronte a loro, il mantello che segnalava la sua posizione a muoversi contro il vento. I minuti passarono, e nessuno di loro si spostò per dare spazio ai loro fratelli.

Ero senza poteri e indifesa... ma con quattro protettori al mio fianco.

Il vento si fece più forte, e con esso arrivò la pioggia. E quando arrivò essa, i Berserker presero ad andare via. Gaul diede l'ordine ai suoi di andarsene, e poi anche lui andò via, imprecando.

«Milady.»

Lars fu subito al mio fianco, liberandomi. Nel momento in cui le mie braccia furono libere, il mio corpo, troppo stanco, prese a cadere in avanti. Sarei caduta per terra, se non fossi stata afferrata prima da due braccia forti. Qualcosa di soffice e caldo si strinse intorno al mio corpo: il mantello rosso di Tristan.

Tra le sue braccia, venni portata all'interno della stanza nella quale avevo mangiato il giorno prima, e poggiata sul tavolo. Lo sentii imprecare mentre esaminava il mio corpo pieno di lividi, poi strinse ancora più forte il mantello intorno ad esso.

«E adesso?» gli chiesi, forzando i miei denti a non sbattere tra di loro.

«Ti proteggeremo. Combatteremo, per liberarti.»

«Lo stregone... io devo—»

«Lo affronteremo, e lo sconfiggeremo. No» disse, fermandomi quando cominciai a protestare, portando un dito sulle mie labbra. «Non puoi fermarci. Saremo i tuoi campioni, Yseult.»

«Comandante» disse Magnus, alla porta. Quando si spostò per far entrare qualcuno, mi preparai mentalmente a vedere Gaul provare a reclamarmi un'altra volta. Invece, fu un altro guerriero ad entrare, togliendosi l'elmo subito dopo. Non lo riconobbi, ma lui mi guardava come fossi la Dea scesa in terra.

«Che succede?» gli chiese Tristan.

«Parla, fratello.»

«Milady» disse il guerriero, ed io trattenni il respiro.

Ivar portò una mano sulla sua spalla, e si girò a guardarmi. «Desidera avere la tua benedizione», mi disse.

Spostai lo sguardo da Ivar a Magnus, ma nessuno dei due disse altro, così feci cenno al guerriero di avvicinarsi.

Una volta di fronte a me, lui s'inginocchiò immediatamente, ed io portai una mano sulla sua fronte, come una madre farebbe con il proprio figlio. «Ti benedico» dissi, e immediatamente un sussurro al mio orecchio mi disse il suo nome. «Gavin. Ricorda il tuo nome, e ricorda tua madre.»

«Milady» mormorò ancora, e poi si alzò. Un altro prese il suo posto, e poi un altro ancora. Sempre più guerrieri entrarono nella stanza, uomini enormi e corazzati, pieni di armi in vita. Ognuno di loro prese ad inginocchiarsi di fronte a me, in attesa delle mie benedizioni, ed io chiamai ognuno di loro per nome, aiutata dai sussurri al mio orecchio.

Quando Tristan fermò la fila per porgermi un bicchiere d'acqua, io gli sussurrai, «Grazie per avermi detto i loro nomi.»

Vidi la sua fronte aggrottarsi, ma non ebbe il tempo di dire nulla, perché un altro guerriero si fece avanti e s'inginocchiò. Io stessa non ebbi il tempo di chiedergli perché sembrasse così confuso.

La mia testa si fece pesante, la mia voce roca, ma continuai a benedire ognuno degli uomini presenti. Alcuni non si presentarono affatto—tra loro, Gaul e i suoi seguaci.

Dopo un po', Tristan mi porse un altro bicchiere d'acqua. «Lui era l'ultimo», disse.

«Non esattamente.»

Dalla porta, Magnus si fece strada verso di me, inginocchiandosi al mio cospetto. La sua testa a malapena sotto la mia, data la sua altezza.

Gli sorrisi, e poggiai una mano sulla sua fronte. «Ti benedico—»

Magnus, sussurrò una voce alla mia destra, ed io m'irrigidii. La voce non era per niente quella di Tristan, o di Ivar, o di Lars. Mi girai, sorpresa. Una donna alta era ferma al mio fianco, le sue fattezze così simili a quelle dell'uomo in ginocchio di fronte a me. Il suo corpo sembrava così solido, ma un soffio di vento, e vidi la sua sagoma muoversi. *Magnus,* ripeté la donna fantasma. *Figlio di Berta.*

Fu in quel momento che ritrovai la mia voce, e ripetei ciò che la donna aveva detto.

Ivar, figlio di Asta, disse una donna con occhi scuri e seriosi, facendosi avanti dopo l'altra.

E Lars. Una donna dalle guance paffute e ciocche dorate, intrecciate lungo la sua schiena, sorrise a suo figlio. *Figlio di Hilde.*

Tristan—figlio di Diana. Il fantasma della madre di Tristan era alto, e regale. Una luce fievole scintillava sotto le sue clavicole, dove un tempo era stata la pietra di Luna.

Sentii le lacrime pizzicarmi gli occhi quando tornai a guardarli. I miei uomini erano inginocchiati di fronte a me, i fantasmi delle loro madri alle loro spalle.

Ero stata mandata nel loro tempo, avevo fallito la mia missione... ma, almeno, ero riuscita a liberarli.

«Milady» disse Tristan. «Siamo tuoi. Non devi fare altro che darci il tuo ordine.»

No. Non avrei potuto chiedergli di morire. La mattina dopo avrei affrontato il Re Cadavere, ma l'avrei fatto da sola. Avrei lasciato che lui si occupasse di me a suo piacimento, anche se ciò avrebbe portato alla mia morte, al mio sacrificio.

Ma quelli erano pensieri che avrei potuto rimandare all'indomani.

E, ancora, il giorno non era finito.

«Abbiamo solo una notte» sussurrai. «Il mio non è un ordine. È un desiderio.»

«Tutto quello che vuoi.»

In un attimo restammo soltanto noi, i fantasmi volatilizzati. Saltai giù dal tavolo, e lasciai cadere il mantello per terra. Restai in piedi di fronte a loro, così; non una strega, non una ragazzina. Solo me stessa: Yseult.

«Cosa desideri?» mi chiese Tristan.

«Te» dissi a lui, e poi ai tre uomini dietro. «Tutti voi.»

Allungando il braccio, sciolsi la mia treccia e passai le dita tra i capelli, facendo cadere i petali bianchi tutto intorno a me. Mi sentivo nervosa come fossi vergine, e forse in un certo senso lo ero, perché quella era la prima volta che mi donavo completamente ad un uomo.

«Vorresti stare con noi?» chiese Magnus, la sua voce roca, spezzata.

«Tutti voi.»

«Ci fai un grande onore» disse Tristan, poggiando la sua spada e prendendo a sciogliere la sua armatura. Io mi alzai per aiutarlo. I suoi tre fratelli attesero alle sue spalle.

«Vieni. Ho bisogno di te» dissi, coricandomi sul tavolo e lasciando che i miei capelli creassero un cerchio intorno a me, pallidi come la luce della Luna.

Tremai, nuda di fronte a loro, e ancora quando i guer-rieri si avvicinarono per guardarmi. Il desiderio mi strinse lo stomaco in una morsa stretta, pronto ad esplodere.

«Milady—» respirò Tristan.

«Solo Yseult. Solo io.»

«Per noi, tu sei tutto.»

Tristan fu il primo a muoversi. Le sue dita si strinsero intorno alla mia caviglia, con delicatezza, ma in maniera possessiva. Come se avesse il diritto di toccarmi.

Le sue mani scivolarono su, ed io tremai, allungando le mie per toccarlo. Si sporse verso di me, e con le mani io lo spinsi giù, per averlo addosso. I suoi gomiti lo tennero alzato, proprio sopra di me.

A volte riuscivo a dimenticare quanto questi uomini fossero molto più grossi e possenti se messi a confronto con me. Io non ero altro che un piccolo fiore. La mano di Tristan si poggiò sulle mie clavicole, scivolando su per stringere il mio collo. Le sue dita toccarono il punto in cui il mio cuore batteva, mani forti in grado di spezzarmi, eppure il suo tocco era gentile; così bello da farmi prendere fuoco.

«Comandante» sussurrai, il suo pollice ad accarezzare le mie labbra.

«Tristan. Solo Tristan.»

Eravamo così vicini che tra di noi non c'era più neanche uno spiraglio d'aria. Tristan abbassò il viso, mordendo lieve-mente la pelle dei miei seni, respirando il mio odore.

«Prendimi. Sono tua.»

Le mie mani si strinsero sulle sue spalle fino a quando lui non afferrò i miei polsi, portandoli oltre la mia testa. Mi inarcai sotto di lui, alzando i miei fianchi, trovando piacere nella sua forza.

«Sono pronta... Tristan» singhiozzai, i miei fianchi ad

alzarsi con fervore, incapace di aspettare un suo tocco. «Tristan!»

«Sh, mia signora.» Mani dolci voltarono il mio viso di lato, per permettere a quello di Tristan di poggiarsi sulla mia guancia, per respirare il mio odore.

«Ti prego» sussurrai.

Mi toccò, allora, le sue mani grandi ad accarezzare il mio corpo, portandolo in vita. Strinsi le braccia intorno al suo collo, portandolo più vicino, ma con un ringhio lui mi strinse i polsi e li riportò sopra la mia testa. Le sue labbra presero a baciare il mio corpo, ed io tremai sotto di lui.

Poi, di colpo, tutti quanti erano lì—tutti e quattro—a baciarmi, a reclamarmi, a marchiarmi come loro. Labbra carezzarono le mie caviglie, le mie spalle, i miei seni. Tristan si prese la mia bocca, inghiottendo i miei gemiti. Dita che non sapevo più a chi appartenessero trovarono il nodo in mezzo alle mie gambe, muovendo le dita con movimenti circolari.

«Vi prego...» Il mio corpo si tese come una corda di violino sotto i loro tocchi insistenti.

«Presto» ringhiò a voce bassa Tristan al mio orecchio. «Ti riempiremo molto presto.»

Un dito entrò dentro di me, uscì fuori. «Ora», gemetti.

«No. Non fin quando non saremo pronti.» E poi tornarono a farmi tremare. Ero una donna, una Dea, un essere miracoloso, e nel loro tocco c'era tutta la venerazione che provavano per me.

Finalmente—*finalmente*—mi ritennero pronta. Tristan fu il primo a penetrarmi. Il suo corpo possente prese a lavorare sul mio. Feci scivolare le mie unghie sulla sua pelle, marchiandolo, e incrociai le gambe intorno a lui, sentendo il suo membro duro spingersi fuori e dentro di me.

Il piacere m'investì completamente; urlai, graffiando

ancora una volta la sua schiena quando le sue spinte si fecero più lente.

«No—non fermarti.»

Tristan prese a muoversi più veloce, più forte, fino a quando il tavolo sotto di noi tremò. Il fuoco dentro di me divampò, facendomi impazzire. Mi lasciai andare all'orgasmo, tenuta ferma dal corpo forte di Tristan. Il guerriero mi tenne ferma sotto di lui, tenendo i nostri fianchi attaccati. Ivar e Lars erano in piedi ad entrambi i miei lati, toccandomi i seni, guardandomi.

Qualcuno mi spinse la testa indietro, intrecciando le dita tra i miei capelli. Magnus. Il guerriero gigante era nudo, in piedi di fronte al tavolo. Il suo viso barbuto scese giù, e la sua bocca reclamò la mia, incredibilmente soffice. Sospirai contro le sue labbra mentre Tristan si allontanava da me.

Lars prese il suo posto, accarezzando le mie gambe fino a quando non lo guardai. «Pronta?»

Mi girai, alzandomi e mettendomi a quattro zampe prima di fare un passo indietro verso di lui. Le mani di Lars strinsero i miei fianchi, spingendomi con forza contro i suoi, il suo cazzo a riempirmi.

Poi alzai il viso, prendendo Magnus dentro la mia bocca. Il suo membro largo tese le mie labbra, io a malapena in grado di prenderlo tutto. Feci ruotare la lingua intorno alla sua punta mentre Lars prendeva a spingere con forza fuori e dentro, fuori e dentro.

Quando fu il turno di Ivar, lui girò il mio corpo un'altra volta. La mia testa cadde indietro, così che Magnus potesse riempire la mia bocca un'altra volta, completamente. Ivar portò le mie gambe sulle sue spalle, piegandomi in due mentre mi scopava.

«La mia signora» disse, spingendomi contro di lui. La sua bocca trovò il mio collo, succhiando un punto con ferocia fino a quando non mi sentii sciogliere completamente. I suoi denti mi perforarono la pelle, il dolore a bagnarmi, seguito subito dopo da estasi pura. Tremai tra le sue braccia. «Mia» ringhiò il guerriero serioso.

«E mia» aggiunse Lars, spostando i miei capelli e affondando i suoi denti sulla mia spalla.

«Per sempre» disse Tristan, baciandomi, facendomi perdere nel piacere. I suoi denti graffiarono la pelle dell'altra spalla prima di affondare anch'essi su di essa, marchiandomi con il morso dell'accoppiamento.

Quello era il modo in cui i Berserker reclamavano le proprie compagne. Il legame sarebbe cresciuto dentro di noi, le nostre vite per sempre legate fino alla mia morte, le loro a seguirmi anche dopo.

«Oh no» singhiozzai. «No...» Non volevo dare loro le loro vite, solo per portarli alla morte.

«Sì» disse Tristan. «Marchiata. Accoppiata.»

Ivar e Lars ripeterono le sue parole, e il biondo aggiunse, «Vogliamo stare con te.»

«Per sempre» disse Ivar.

«La nostra donna» disse poi Magnus, prendendomi tra le sue braccia. Per essere un uomo così grande, era terribilmente gentile nel suo tocco, quando mi posiziono sulle sue gambe. Il suo membro spesso e duro m'impalò di colpo quando lui afferrò i miei fianchi per poggiarmi con forza su di lui, aumentando il mio piacere fino allo stremo. Con le dita tra i miei capelli, strinse con forza e inclinò la mia testa indietro, portando la sua lingua sul punto in cui il mio cuore batteva per lui—per loro. Quando la sua lingua mi leccò per la terza volta, ad essa si aggiunsero i suoi denti; il suo morso, l'ultimo nel nostro accoppiamento, mi portò ben oltre il punto di non ritorno.

20

YSEULT

M i risvegliai coperta dal mantello di Tristan. Ero ancora coricata sul tavolo, all'interno della stanza in cui una volta avevo mangiato. L'oscurità ancora intorno a me mi disse che non era ancora arrivata l'alba.

Alzandomi, il mantello scivolò via dal mio corpo. La mia pelle era pallida nell'oscurità, i marchi e i lividi ora guariti. Tutti quanti, tranne i punti leggermente doloranti sul mio collo, dove i Berserker avevano lasciato i loro marchi. Avevo perso la collana con la pietra di Luna, ma loro ne avevano creata un'altra: i loro morsi creavano un cerchio sul mio collo.

Avevano lasciato ai piedi del tavolo la mia veste e i miei stivali, accanto ad essi un bicchiere pieno d'acqua e un pezzo di torta di miele. Mi vestii e poi mi mossi con lentezza, il mio corpo deliziosamente dolorante. I miei uomini mi avevano reclamata.

Ma ora era quasi mattina, e loro non c'erano più.

Ebbi solo il tempo di dare un morso alla fetta di torta,

prima di sentirlo. Suoni provenire dall'esterno; suoni di battaglia. Suoni di morte.

No!

Corsi verso la porta, trovando il giardino completamente vuoto. Allora mi diressi verso i cancelli. Illuminati dalla luce nascente del Sole del primo mattino, il campo era pieno di Berserker pronti a combattere. Non si stavano addestrando: stavano combattendo, alcuni fermi in un punto, altri intenti ad andare oltre, ruggendo. Intravidi il viso barbuto di Ivar sotto il suo elmo, la testa chiara di Lars. Una figura scura era in piedi, coperta da un'armatura lucente vicino alla collina, a guardare la battaglia prendere vita, pronta a distruggere i guerrieri leali del Re Cadavere. Fratello contro fratello, in una battaglia che avrebbe dipinto il campo di rosso.

«Milady!» urlò Magnus dal suo posto, intento a combattere vicino alle mura. «Torna dentro!»

Feci un passo indietro, e andai a sbattere contro un muro fatto di pelle: guerrieri.

«Questa è tutta colpa tua» ringhiò Gaul al mio orecchio, afferrando il mio braccio e portandomi con forza all'interno del castello.

«No!» Magnus gettò per terra il suo avversario e fece per correre verso di noi, ma i cancelli della fortezza si chiusero di colpo, tenendolo fuori. Bloccando *me* dentro.

Imprecando, Gaul continuò a trascinarmi dentro. Io provai con tutte le mie forze ad opporre resistenza.

«Dove mi stai portando?»

«Dal Re.»

Ma invece di percorrere lo stesso corridoio che avrebbe portato alle sue camere, Gaul mi trascinò lungo le scale. Il Re era fermo intorno ad una nube di magia, le sue mani nient'altro che una visione sfocata mentre lavorava con il suo incantesimo.

Un potere unto, malvagio, mi strinse la pelle, facendomi tremare.

Fantasmi che non riuscivo a vedere erano nascosti lungo le mura.

«Aiutatemi», pregai.

«Non c'è nessuno, qui, che possa salvarti. Il Re ha troppo potere. Distruggerà la sua armata, e ne creerà un'altra, più forte, al suo posto.»

E così, Gaul mi spinse sopra il parapetto.

Il Re non mi guardò nemmeno, ma sentii la sua voce dentro la mia testa. *Appena in tempo per assistere allo spettacolo. Guarda i tuoi Berserker morire.*

In campo, la battaglia si era fatta più intensa. Ogni Berserker già caduto si alzava di nuovo in piedi, non più vivo, ma pregno di magia oscura—malvagia e grottesca, creata dal Re. Tre volte la stazza di Magnus, i corpi dei Berserker morti presero a spingere contro gli altri, facendosi avanti, rompendo gli scudi.

«Fermi!» urlò Tristan dalla collina, e i suoi uomini formarono una riga, che fu subito spezzata da una palla di fuoco generata dal muro.

Il fumo prese a salire, ed io urlai. Lars ed Ivar erano stati colpiti, e adesso giacevano per terra insieme agli altri.

Sopra di me, il Re prese a sghignazzare. I suoi piedi si alzarono dal muro, la sua magia a portarlo più in alto, ma la sua attenzione era focalizzata: doveva uccidere i suoi guerrieri.

Magnus ruggì, di fronte a lui i mostri creati dal Re, una volta suoi fratelli. Il Re Cadavere stava facendo ciò per cui si era guadagnato il nome: si stava creando il suo esercito di morti viventi.

«Dea» gemetti, stringendomi alla parete quando il vento prese ad ululare, portando con sé cenere amara. Fuoco prese a generarsi dalle dita dello stregone, ancora e ancora. Avrei potuto sorpassare il vento per raggiungerlo, ma con le sue mani lui avrebbe potuto spingermi oltre il muro.

«Yseult!»

Una voce oltre il vento. Tristan aveva lasciato la sua postazione, e stava provando a scalare le mura.

«No!» urlai. Avrebbe rischiato la sua vita per me, quel meraviglioso, coraggioso, stupido uomo.

Gaul e i suoi seguaci arrivarono ai piedi delle mura proprio quando Tristan raggiunse il bordo, in attesa.

«No!» urlai ancora, e il rumore di spada contro spada riempì l'aria. Uno dei guerrieri cadde, gettato giù da Tristan. Il resto dei guerrieri prese a correre verso di lui come fossero una sola entità.

La pietra, sussurrò un fantasma. Diana, la madre di Tristan, era ora al mio fianco. *Usa la pietra.*

Ne sentii il peso dentro la mia tasca. Quando misi dentro la mano, tastai la sua superficie liscia con le dita, e la tirai fuori. Era la pietra che Tristan aveva utilizzato per esaminarmi.

Alla mia destra, lo stregone aleggiava oltre il bordo delle mura, focalizzato sui suoi incantesimi. Non aveva più l'aspetto di un uomo, ma era una semplice apparizione, una nube luminescente. Alla mia sinistra, Tristan conficcò la sua spada nel petto di Gaul, spingendolo via dal muro, poi spostò la sua attenzione sugli altri guerrieri.

Ora, sentii, altre voci ad unirsi a quella di Diana.

Guarda l'orizzonte. È arrivato il momento, disse Hilde.

La luce dell'alba lo rende più debole, aggiunse Asta, i raggi fiochi del Sole a trafiggere la figura pallida dello stregone. *Lui può essere sconfitto. Ti ci vorrà tutto ciò che c'è in te; tutta te stessa.* Poi fece un cenno verso la mia mano. *Usa la pietra di Luna.*

La strinsi forte tra le mani, e sentii i miei poteri scorrermi nelle vene, senza riuscire a raggiungerli. Non ero ancora una strega, ero ancora troppo debole. Ma ero forte abbastanza da penetrare le difese dello stregone.

Forte abbastanza da donare la mia vita per gli uomini che amavo.

Dovevo salvarli.

«Aiutatemi», sussurrai ai fantasmi, e mentre Tristan ringhiava contro i suoi fratelli, tenuto fermo dalle loro armi, io corsi contro lo stregone, spingendomi oltre il parapetto, nel vuoto.

Mani fantasma mi tennero su, l'aria intrisa di magia, i miei capelli a svolazzare intorno al mio viso. Ma le mie braccia erano forti, tenute ferme e solide dalla forza delle donne che prima di me erano cadute, tutte le mogli che il Re Cadavere aveva sacrificato per i suoi scopi, tutte le donne che erano stanche di vedere i propri figli sacrificati dalla sua mania di potere.

«Lycaon!» urlai, oltre la sua magia oscura, oltre la morsa che sentivo curvarsi sulle mie ossa. «Io ti imprigiono!»

E nel momento in cui le parole lasciarono le mie labbra, spinsi la pietra dritta al centro del suo petto.

Luce accecante scoppiò nell'aria. Il Cielo si ruppe, facendo tremare la terra con un forte tuono. Le urla dello stregone riempirono l'aria, il suo potere rotto. La forza del mio incantesimo mi spinse indietro, oltre le mura della fortezza. Le mani dei fantasmi mi tennero dal rovinare giù fino a quando non fui quasi a terra; poi atterrai su un corpo morbido, e insieme cademmo giù.

Quando aprii gli occhi, ancora persa, la Terra stessa sembrava essere sul punto di aprirsi. Le fondamenta del castello di fronte a noi tremarono, disfacendosi insieme al potere del Re Cadavere. Le pareti si spezzarono, caddero giù. Le pietre si spiaccicarono al suolo, diventando cenere.

Tristan si mosse sotto di me. Aveva attutito la mia caduta con il suo corpo, ma adesso era completamente fermo.

«No», singhiozzai. «No, ti prego.»

Avevo imprigionato il Re Cadavere... ma il prezzo che stavo pagando era troppo, troppo alto.

21

YSEULT

Arrivò finalmente l'alba.

Con i primi raggi del Sole, sentii le voci delle mie sorelle come un'eco lontana, intente a cantare le parole dell'incantesimo che mi aveva spinta indietro nel tempo.

E dove ci incontreremo nuovamente?

LE PAROLE ANDAVANO E VENIVANO, sotto il ruggito possente della distruzione del Re Cadavere.

Ma le sentii comunque, cantate da voci fantasma.

L'incantesimo lanciato è ora completo,
la battaglia vinta e persa...

«Tristan» sussurrai, anche se il suo corpo era fermo come fosse morto. Mi sporsi su di lui, poggiando la testa sul suo petto per controllare che il suo cuore battesse ancora. Attorno a me, come un sussurro molto basso, riuscivo a sentire il legame con i miei compagni portarmi da loro. Tutti a terra. Tutti morenti.

Quando il Sole si alzerà su in Cielo...

Con tutta la forza che ancora avevo, mormorai anch'io i versi dell'incantesimo, stringendomi mentalmente ai miei compagni, al nostro legame. Saremmo rimasti insieme, costi quel che costi—l'incantesimo, o la nostra morte.

La magia prese a scorrermi dentro il corpo, spezzandomi in due. L'aria stessa sembrò spezzarsi. Un vento forte prese ad ululare contro le mie orecchie, e mille anni passarono in un secondo.

Silenzio. Intorno a me non c'era altro che silenzio mentre l'aria tornava a riempirmi i polmoni. Mi accasciai di schiena per un momento, sotto shock. Poi tornai a sentire, il mio corpo dolorante, il mio cuore distrutto, e gemetti. Mi sentivo come fossi stata presa a pugni per giorni.

Il vento mi accarezzò il viso, portando con sé la puzza familiare del mio tempo. L'incantesimo era stato completato. Ero tornata a casa.

Mi sedetti.

L'incantesimo mi aveva riportata nel mio tempo. Riconobbi il campo rovinato, deserto e spoglio come lo avevo lasciato. Eppure, qui e lì qualche fiore ancora sbocciava, petali bianchi come neve.

Se i fiori ancora riescono a sbocciare, vuol dire che c'è ancora del buono, nel mondo.

Qualcosa si mosse alla coda dei miei occhi. Mi girai, ma non vidi nulla. Un fantasma?

Poi lo sentii, sotto il ritmo pulsante del mio cuore—il legame forte dell'accoppiamento. Quattro fili, tutti diversi, eppure ugualmente forti.

Scattai in piedi, correndo in direzione del legame. Il mio respiro si fece corto mentre pregavo, inciampando sui rami sotto i miei piedi mentre correvo.

Fu così che trovai Tristan, per primo: disteso su un prato d'erica, il viso fermo. Mi gettai per terra. Il suo petto si alzava ed abbassava. Lars era per terra qualche metro più avanti, Ivar alla sua sinistra. La stazza possente di Magnus giaceva più in la.

Ce l'avevo fatta. Li avevo riportati con me, nel mio tempo.

Quando toccai il suo viso, Tristan aprì gli occhi. Il sangue gli macchiava il viso e il corpo, ma era ancora vivo.

«Tristan», sussurrai.

«Yseult? Che cosa è successo?»

«Siamo qui... Siamo nel mio tempo. Nella mia casa.»

Provò ad alzarsi, grugnendo di dolore. Io poggiai una mano sul suo petto.

«No, fermo. Stai qui, per adesso. Siamo al sicuro.»

«Cos'è questo brutto odore?»

«La tomba del Re Cadavere» dissi, ridacchiando. «L'abbiamo appena imprigionato nel tuo tempo. Ma nel mio, adesso è libero.»

I suoi occhi si spalancarono. «Quindi noi siamo—»

«Mille anni avanti dal tuo tempo, amore mio» gli dissi. Intorno a noi, i miei uomini stavano cominciando a svegliarsi.

«Sorella» sentii una voce chiamare. «Yseult.»

Tristan provò a prendere la sua spada—ormai sparita—ed io lo spinsi di nuovo a terra.

«Sono solo le streghe. Le mie sorelle.» Se avessi potuto ancora chiamarle così; i miei poteri non erano ancora tornati.

La mia congrega prese ad avvicinarsi verso di noi, capitanata dalla strega più anziana, che si muoveva ancora come fosse nel fiore dei suoi anni. Dietro di lei c'era Sabine, la mia studentessa, con i suoi compagni al fianco. Quando videro Tristan e i suoi fratelli, immediatamente presero le loro armi.

«Fermatevi» dissi, alzandomi in piedi. «Questi uomini sono amici. Mi hanno aiutata.»

«L'incantesimo ha funzionato, allora? Lo hai trovato?» Più di una strega parlò insieme. Non la più anziana, però: lei restò semplicemente a studiarmi, con quei suoi occhi attenti.

«Sì, l'ho trovato. Ho affrontato il Re Cadavere, e sono sopravvissuta; grazie a loro.»

Con tutte le sue ferite, Tristan riuscì comunque ad alzarsi in piedi per mettersi al mio fianco. Ivar e Lars si aiutarono a vicenda. «Mi hanno aiutata a sopravvivere alla magia del Re.»

La strega anziana si fece avanti. Tristan provò a mettersi tra me e lei, ma io lo fermai. Per un momento, la donna non fece altro che studiarmi. Poi annuì, solo una volta. Soddisfatta—sebbene non sapessi da cosa—lei si girò e andò via, senza dire una parola.

«Allora hai l'incantesimo?» mi chiese Sabine.

Io annuii, e mi lasciai andare contro il corpo di Tristan. I palmi delle mie mani bruciavano, nel punto dove avevo tenuto la pietra di Luna con forza prima di spingerla contro il petto del Re Cadavere. La leggenda che conoscevamo in quel tempo, della profetessa che aveva imprigionato il Re Cadavere mille anni fa, era vera. Ma adesso conoscevo la verità: ero stata io. Io ero quella profetessa; io lo avevo imprigionato.

«Ho l'incantesimo» dissi, e lasciai che il vento portasse con sé le mie parole, le facesse arrivare alle streghe. «So come sconfiggerlo.»

EPILOGO

Yseult

D urante gli anni, avevo viaggiato in lungo e in
largo, visitando tantissimi posti; la mia casa, però,
era sempre stata all'interno di una caverna, nei
meandri della Terra, nasconda e protetta dalla magia.

Invitai le mie sorelle a raggiungermi lì la mattina dopo,
così da poter parlare in sicurezza. Avrei tanto voluto riposare e nascondermi, come una creatura dopo essere stata
attaccata dai suoi nemici faceva per potersi riprendere.

Come in grado di sentirlo, i miei guerrieri mi si pararono
ad entrambi i miei lati, la mia guardia onoraria che non
temeva nessuno. Notai i compagni di Sabine fare lo stesso
con lei, anche se, quando si avvicinarono ai miei quattro
uomini, tutti loro si scambiarono dei cenni con il capo, in
segno di rispetto. Nessuno di loro, però, tolse le mani dalle
proprie armi.

Quando arrivammo alle porte della mia casa, mi sentii
prendere dal panico. Avevo passato così tanti anni a perfe-
zionare le difese tutt'intorno ad essa, ma ora, senza la mia

magia... sarebbero riusciti, i miei incantesimi, a rico-
noscermi?

«Va tutto bene, ragazza» disse la strega anziana, improvvisamente al mio fianco. Era sparita nel nulla durante il
cammino—avevo provato a cercarla. Tra tutte le mie sorelle,
era con lei che desideravo parlare di più.

Fece un cenno verso l'entrata della mia caverna. «Entra
come faresti sempre.»

Provando a scrollarmi di dosso la paura, continuai a
camminare. Un secondo dopo, il terreno sembrò rilassarsi
sotto i miei piedi, e un tunnel apparve di fronte ai miei
occhi, diretto verso la collina. Quando mi feci da parte per
permettere a tutti di passare, l'anziana si fermò al mio fianco
solo un attimo, solo per dirmi, «Ben fatto, bambina.»

M'irrigidii, provando a nascondere il mio tremore. Non
mi sentivo potente come prima, ma lì, nella mia casa,
sembrava esserci ancora il mio potere, un oceano calmo e a
riposo.

«Mia signora» disse Tristan, avvicinandosi a me per
prendere il mio braccio.

«Sto bene.»

Il suo sorriso tirato mi fece capire che sapeva bene stessi
mentendo. Un ordine basso, e i suoi capitani presero le
redini di fronte a noi, insieme ai compagni di Sabine.

«Staremo di guardia» mi disse, scuotendo il capo quando
capì che stavo per protestare, per dirgli che le mie difese
sarebbero state abbastanza. «Uno di noi, ed uno di loro.»

Aggrottando la fronte, portai una mano sulla sua armatura sporca di sangue. Le mie mani andarono sotto, sul suo
corpo caldo e liscio. Le sue cicatrici erano andate via.
«Magia Berserker» mormorai, anche se, forse, anche le mie
sorelle ci avevano messo il loro zampino senza dirmi nulla.

Ne ero grata, ma avrei tanto voluto poter essere stata io, a guarirli.

«Stiamo bene, Milady. Lasciaci fare il nostro dovere.»

Io sospirai. Non ero abituata ad avere delle guardie, dei protettori; ma avrei dovuto imparare ad abituarmici.

Mentre le mie sorelle riempivano la stanza con la loro presenza, Sabine si diresse verso il camino. Essendo una mia studentessa, lei era stata qui più di tutte le altre, e sapeva bene come farsi largo dentro casa mia. Diede ordine ad alcune iniziate di servire da mangiare e da bere, ed io continuai a dire no a tutto quello che mi veniva portato fino a quando Tristan non si sedette al mio fianco, e mi disse all'orecchio che avrebbe rifiutato di mangiare qualcosa se io non avessi mangiato per prima.

La mia espressione rimase composta mentre i sussurri si disperdevano in mezzo alla stanza. Le mie sorelle erano curiose di sapere cosa fosse successo, perché sembravo così cambiata, com'era possibile che fossi tornata con dei compagni.

Bevvi qualche sorso dal mio bicchiere, l'altra mano tremante sotto la coperta che Tristan aveva messo sulle mie spalle. Per tutti quanti, nel mio tempo, ero la strega Yseult; la creatura potente e senza paura. L'incantesimo mi aveva riportata indietro a quando non ero altro che una novizia, ma non avrei mai mostrato debolezza.Non se avessi potuto evitarlo.

L'anziana strega guardò tutto da un angolo della mia casa, poggiata su un tronco come un vecchio corvo. Sapevo bene che non c'era nulla che sfuggisse a quegli occhi neri e attenti.

Tristan restò sempre al mio fianco, quasi legato al mio corpo, come in grado di sentire il mio disagio. Aveva addosso ancora la sua armatura, ma aveva rinfrescato viso e mani, lavando via ogni traccia della battaglia.

Alla fine, poggiai il bicchiere sul tavolo e strinsi le dita le une con le altre. Lì, davanti alle mie sorelle sedute intorno al fuoco, raccontai tutto ciò che era successo.

«È fatta» sussurrò una delle iniziate quando finii di parlare.

«Non esattamente» disse una delle anziane. «Yseult lo ha imprigionato nel suo tempo; l'incantesimo ha retto per mille anni, ma adesso è stato spezzato. Dobbiamo affrontarlo un'altra volta.»

«Allora eri tu, la profetessa che lo ha imprigionato per la prima volta?» chiese un'altra.

Io annuii. «In quel tempo, ero priva di magia. Senza di essa, sono tornate le mie abilità da profetessa.»

«La tua magia adesso è tornata?»

Per un attimo, un singolo istante, odiai l'iniziata per avermelo chiesto; ma sapevo che non aveva fatto altro che dar voce alla domanda che tutte le mie sorelle si stavano silenziosamente domandando.

«Tornata?» gracchiò l'anziana. «Perché dovrebbe *tornare?* Non è mai andata via.» I suoi occhi scuri erano fissi nei miei. «Yseult è una profetessa, e allo stesso tempo è una strega.»

«Non esattamente» dissi. «I miei poteri, ora, sono diversi.»

«Sono cambiati. Non sono diminuiti.» L'anziana si alzò dalla sua postazione. «Adesso basta. C'è tanto che abbiamo ancora da fare. Dobbiamo trovare la pietra di Luna, e pianificare un modo per avvicinarci al mago e ripetere l'incantesimo. Non tu» disse poi, poggiando una mano sulla spalla di Tristan, e sebbene lui sembrò preso in contropiede, non fece nessun movimento per scostarsi dal suo tocco. «Tu hai fatto abbastanza. Devi riposare.»

Le mie sorelle si alzarono tutte insieme, prendendo a muoversi intorno la stanza.

«C'è niente che posso fare per te?» mi chiese Sabine, ed io la ringraziai, scuotendo la testa.

«Torneremo» dissero i compagni di Sabine a Tristan. «Rimarremo di guardia qui mentre tu e i tuoi riposate. Quando starete meglio, ci farebbe piacere se vi uniste a noi durante la caccia.»

Il mio compagno accettò.

«Yseult», mi richiamò l'anziana, e anche se la sua voce era bassa, io la sentii forte e chiara. «Vorrei parlare con te. Da sola.» Alzò una mano quando Tristan fece per accompagnarmi. «Non farò del male alla tua donna. Ti do la mia parola, Comandante.»

Tristan fece un inchino. «Vado a parlare con i miei uomini.»

Lo guardai allontanarsi, forte e sicuro di sé, anche all'interno della mia piccola casa.

Una per una, tutte le streghe andarono via. Aspettai fino a quando anche l'ultima lasciò la mia casa, poi mi lasciai cadere contro il muretto del camino.

L'anziana allungò la sua mano verso di me, porgendomi un bicchiere. «Bevi questo.»

Lo feci, sussultando quando sentii un'ondata di potere riempirmi completamente.

«L'ho creato io» mi disse, ammiccando con quei suoi occhi neri. «Dunque, Yseult. Ce l'hai fatta. Hai affrontato il Re malvagio, e hai salvato i tuoi Berserker. E tutto questo senza i tuoi poteri.»

«Non per scelta» dissi, incontrando il suo sguardo. «Tu lo sapevi? Dall'inizio?»

Lei scrollò le spalle. «Il Re Cadavere non avrebbe mai permesso a una strega potente come te di avvicinarsi a lui o alla sua dimora. Soltanto una ragazza, piccola e indifesa, ci sarebbe riuscita. Solo una ragazza normale avrebbe potuto avvicinarsi abbastanza da distruggerlo.»

«Allora questo era il tuo intento, sin dall'inizio. Sei stata tu a creare l'incantesimo.» Poggiai il bicchiere sul muretto, portando le mani sul grembo. «Perché non mi hai avvertita?»

«Se te l'avessi detto, tu saresti andata? Avresti accettato di perdere i tuoi poteri, saresti andata pur sapendolo?»

Strinsi le labbra, perché davvero non conoscevo la risposta.

Lei ridacchiò, e mi diede una pacca sulla spalla. «Ciò che è fatto è fatto. E tu sei andata molto bene, ragazza.»

«Ma il lavoro è appena cominciato.»

«E sarà portato a termine. Ci hai mostrato la strada. Potresti anche essere di nuovo tu, ad imprigionarlo ancora una volta.»

Io annuii. «Devo prepararmi. Devo lavorare sodo per riprendere i miei poteri.»

«Tu hai già i tuoi poteri, bambina. Sei una profetessa. Li hai sempre avuti.»

«Ma ho rifiutato la mia natura quando ho deciso di unirmi alla congrega.»

«Sì, ma la Dea ha sempre avuto un piano differente, per te. Hai deciso di intraprendere una strada che potesse renderti più forte, forte abbastanza da poterti opporre a qualsiasi uomo, per regnare sopra essi.»

«Non è per questo che ho scelto questa strada!» protestai.

«Non ha importanza il perché. Importa che non hai mai avuto bisogno di quella strada, per farlo. Perché puoi avere entrambi.» Un sorriso incurvò le sue labbra rattrappite e vecchie.

Quando sentii il rumore di spade, alzai gli occhi e vidi i miei uomini farsi largo dentro la mia casa. L'odore di carne arrostita arrivò insieme a loro. Magnus aveva con sé una carcassa, issata sulle spalle.

Sentii le spalle sprofondare. Non avevo neanche pensato a farli mangiare, dopo tutto quello che avevano passato per me.

«Sono uomini, non bambini, Yseult. Possono trovare il loro cibo da soli.» L'anziana si alzò e si girò verso Tristan. «Dovremo esaminarti, più tardi. Assicurarci che non ci siano più tracce dell'incantesimo su di te. Ma, prima di tutto, ti lasceremo riposare.»

Seguii l'anziana fino alla bocca della caverna, per accompagnarla fuori.

«Va da loro, Yseult. Hanno mangiato e riposato, ma sono ancora affamati; di te.» Mi girai verso di loro, e quando sentii una piccola spinta da dietro di me, mi girai a guardare la vecchia; ma lei non c'era più.

Lentamente, mi feci strada dentro casa, e mi fermai quando i miei guerrieri giganti si girarono a guardarmi all'unisono.

«Milady» disse Ivar, la voce soffice, e così mi resi conto che ero semplicemente rimasta a fissarli. Non avevo mai permesso ad un uomo di entrare a casa mia. Ora, d'improvviso, a riempirla ce n'erano quattro.

Mi schiarì la gola. «Ci sono delle pozze d'acqua calda, più in fondo dentro la caverna, se volete fare un bagno.»

«Tu vuoi che ci laviamo?» chiese Ivar.

Lars gli diede uno schiaffo sulla spalla. «Ci sta letteralmente dicendo che puzziamo.»

«Parla per te» sibilò Ivar, togliendosi la sua mano di dosso. «Io odoro di uomo.»

«O, magari, a lei piace il nostro odore, e non sta cercando di dirci altro che di toglierci i vestiti», scherzò Lars.

Mi sentii colorare le guance come fossi una ragazzina.

«Beh, io di certo puzzo» disse Magnus. Staccò l'ultimo pezzo della carcassa, restando soltanto con l'osso. Ero sul punto di dirgli dove avrebbe potuto gettarlo, quando lui semplicemente lo buttò per terra.

«Sei un maiale», gli disse Ivar.

Magnus scrollò le spalle.

«Ora basta!» ordinò Tristan. «Facciamo quello che dice la nostra signora.»

«Un attimo» li richiamai, schiarendomi la gola. «Devo— devo dirvi una cosa. Io non ho mai... non ho mai portato un uomo nelle mie stanze. Nella mia casa, volevo dire. Siete i primi.»

«Siamo gli unici uomini che siano mai stati qui dentro?» chiese Lars, scoccandomi un sorrisetto.

«Sì» dissi, arrossendo un'altra volta. Per tutti quanti, io ero una strega potente. Ma di fronte a quegli uomini, io mi sarei sempre sentita nient'altro che una ragazzina intenta a diventare una donna.

Fu Tristan a muoversi per primo.

«Ne siamo onorati, mia signora. Cosa possiamo fare per farti sentire più a tuo agio? Siamo ai tuoi ordini.»

Io gli sorrisi debolmente. «Dovreste lavarvi. E vestirvi. Posso trovarvi degli abiti adatti a questo tempo. Posso dirvi tante cose di ciò che è successo, tra la mia vita e la vostra.»

«Mille anni di storia» disse Tristan, pensieroso. «Ci vorranno molte notti, per coprirla tutta.»

«Non esattamente il tipo di passatempo al quale stavo pensando per le nostre notti», borbottò Lars.

«Oh, per la Dea» sussurrai, coprendomi il viso con le mani.

«E tu, Yseult?» chiese Ivar.

Abbassai le mani, ma le lasciai sopra le guance. «Io?»

«Non abbiamo avuto che una notte insieme, Milady. Ti conosciamo da un giorno. Vogliamo sapere di più su di te.»

Mi lasciai cadere su una sedia.

«Basta. Tutte queste cose possono aspettare» disse Tristan, inginocchiandosi di fronte a me. «Sei stanca, mia signora.»

«Un po'. È stata una lunga giornata.»

«Allora riposeremo» disse Tristan.

«Tutti quanti?» chiese Lars.

«Tutti meno che uno. Quell'uno resterà con la nostra donna. Da solo.»

«Io non sono stanco», disse Magnus.

«Da solo?» ripeté Lars.

«Uno alla volta» ripeté allora Tristan, con fermezza.

«Ti va bene, Milady?» chiese Ivar.

«Sì, può andare bene» risposi io, la voce tremante.

«Bene. Allora il primo sarò io» disse Lars, togliendosi l'elmo.

«Cosa?» chiese Magnus. «Perché tu?»

«Perché io sono il più giovane. E di tutti noi, io sono quello che riesce a farla sorridere più spesso.»

Quella sua affermazione così sicura mi fece sorridere.

«Beh, questo è vero» disse Ivar.

«Allora è deciso», disse Tristan. «Dove potremo dormire?»

Io feci cenno verso un camerino, e mostrai loro dove poter trovare delle coperte. Avremmo dovuto trovare una stanza più grande dove poter dormire... dopo. Prima, avrei dovuto capire come vivere con quattro guerrieri giganti.

Come avrei fatto a sfamarli? Dove avremmo dormito?

«Grazie, Milady» mormorò Tristan.

«Grazie» aggiunsero Ivar e Magnus, inchinandosi. Sentii le lacrime pizzicarmi gli occhi. Avevo trovato degli uomini, e per poco non li avevo persi. Anche adesso, c'erano ancora tanti pericoli che avremmo dovuto correre. Chi poteva sapere cosa ci riservava il futuro?

«Non piangere, Yseult» disse Lars, prendendo la mia mano nelle sue e portandosela alle labbra. «Abbiamo una sola notte, ma quando avrai avuto il tuo tempo con i miei fratelli, io tornerò da te.»

«Non l'avrai per tutta la notte» ringhiò Magnus. «Io ho bisogno di poche ore di sonno.»

«Non mi serve tutta la notte per farle capire che con voi non sarà mai lo stesso.»

Ridacchiando, Magnus andò dentro il camerino. Vidi Ivar scoccarmi un occhiolino, poi Tristan si chiuse la porta alle spalle.

«Finalmente» disse Lars, girandosi verso di me con un sorrisetto. Si era tolto l'armatura, e ora stava legando i capelli. «Siamo soli.»

«Sì.»

«Stai tremando.» Aggrottando la fronte, mi portò vicina al fuoco.

«Non ho freddo» dissi, toccandomi il viso. «Non è questo.»

«Milady... non devi avere paura di noi.»

«Lo so. Lo so questo, è solo che...»

Mi zittì, facendomi coricare vicino al camino, portando una coperta sopra i nostri corpi. «Dormi, Milady. Ti proteggerò io.»

«Non ce n'è bisogno, sai» sussurrai io. «Sono abituata a guardarmi le spalle. Sono abituata a stare da sola.»

Per un po', Lars non disse nulla, limitandosi ad accarezzarmi i capelli. «Forse sei stata da sola per troppo tempo.»

«Io—»

Ma lui mi fermò con un bacio, piccolo e casto, delicato, e mi girò dall'altro lato prima di stringermi tra le sue braccia, spingendomi contro il suo petto. «Dormi, adesso.»

Fortunatamente, lo feci.

E poi sognai. Sognai il Re Cadavere intento a inseguirmi, le sue mani scheletriche ad afferrarmi. Giravamo in tondo, i miei Berserker a terra, in mezzo ad un lago di sangue.

«Yseult. Yseult!» qualcuno chiamò, ed io mi svegliai con un urlo.

Il fuoco dentro il camino era ormai spento. Ivar era di fronte a me, il suo sguardo mesto. Aveva alzato il mio viso, portando un bicchiere sulle mie labbra. Dopo aver bevuto, lui mi spinse tra le sue braccia, stringendomi forte, lasciandomi poggiare la testa sull'incavo del suo collo per poter piangere.

«Dolce Yseult» sussurrò, accarezzandomi la schiena. «Raccontami i tuoi incubi.»

Sussultai. Non piangevo così tanto dai tempi in cui non ero stata altro che una novizia. «Ho sognato le vostre morti.» Non avrei potuto dire nient'altro; era stato terrificante. Ivar però annuì, come se avesse comunque saputo.

«Vorrei fare un bagno. Puoi mostrarmi dove andare?»

Finalmente, qualcosa che avrei potuto fare. Prendendo una torcia, lo guidai attraverso la caverna, verso un posto speciale che avevo trovato tanto tempo fa, un posto naturale dove bolle d'acqua calda e meravigliosa erano nate proprio in mezzo alla Terra.

«È per queste pozze che ho creato la mia casa qui.»

«E hai sempre vissuto qui da sola?»

«Sin da quando ho smesso di essere una novizia e ho cominciato il mio cammino come strega da sola.»

«Capisco.» Lo vidi inginocchiarsi, portando una mano

dentro l'acqua per testarla; poi si tolse i vestiti. Mi mancò il fiato quando di fronte ai miei occhi non vidi altro che muscoli, le spalle larghe e muscolose, e quasi svenni quando lo vidi girarsi verso di me. Per un attimo, mi sembrò che lui non avesse neanche notato il mio sguardo, il desiderio che provavo dentro di me. «Voglio fare il bagno con te.»

Aspettò che io annuissi prima di aiutarmi ad uscire fuori dai miei vestiti, prendendo la mia mano per portarmi dentro l'acqua.

Restai in piedi, in imbarazzo, testa bassa, mentre lui passava un panno su tutto il mio corpo. Si prese il suo tempo.

«Ivar» sussurrai, premendo il mio corpo contro il suo.

Abbassando il capo, Ivar prese le mie labbra con le sue. Le mie braccia si strinsero intorno al suo collo mentre entrambi reclamavamo l'altro, fino a quando qualcuno non si schiarì la gola vicino a noi.

Feci un passo indietro, presa in contropiede, e vidi Tristan in piedi sul bordo della piscina.

Con un sorrisetto soddisfatto, Ivar fece un passo indietro a sua volta. «Il mio tempo è scaduto.»

Mi lasciai andare ad un sospiro quando il guerriero andò via. Gocce d'acqua cadevano lungo la sua schiena, seguendo la curva del suo fondoschiena, della sua pelle bronzea, delle fossette poco sopra le sue natiche.

Tristan si schiarì la gola un'altra volta. «Ti senti meglio?»

«Direi di sì. Farsi un bagno aiuta sempre.»

«Mh...» disse lui, togliendosi i vestiti. «L'ultima volta che mi sono fatto un bagno, sono stato interrotto.»

«Che maleducazione. Non posso neanche immaginare.»

«Sì, beh... questo perché tutto d'un tratto è spuntata una bella ragazza.»

«Una ragazza?» dissi, inarcando un sopracciglio. «Non una signora?»

«Entrambe.»

Lo spinsi via con leggerezza. «Dobbiamo parlare di alcune cose.»

«Oh?»

«Sì» dissi, dandogli le spalle. «Questa mattina mi sono svegliata da sola.»

«Milady—»

«Mi avete lasciata da sola nella sala da pranzo!»

«Non era nostra intenzione. Avevamo deciso di dare inizio ad una piccola battaglia, una diversione, e poi tornare da te per farti scappare senza essere visti. Gaul però era pronto, ci stava aspettando, e presi dalla battaglia ti abbiamo lasciata nell'unico posto in cui sapevamo di poterti tenere al sicuro. So che la nostra battaglia è stata inutile, ma... volevamo soltanto indebolire lo stregone, per farti scappare.»

«Avete rischiato di morire. Io non vi avrei mai chiesto di farlo.»

Le sue braccia mi strinsero ai lati. «Yseult—»

«No!» dissi, cercando di liberarmi, ma la sua presa era decisa.

«Mi dispiace di averti lasciata da sola. È stata una mia scelta; solo mia.»

«Hai scelto anche per me!» urlai. Mi trattava come fossi debole.

Le sue labbra si poggiarono sul mio orecchio. «Come posso farmi perdonare?»

«Non lo so» dissi. Il mio petto si alzava ed abbassava velocemente, il mio cuore pesante. «Non lo so...»

Le sue labbra toccarono la mia spalla; le sue dita s'intrecciarono ai miei capelli.

«Non so se posso farlo.»

Con lentezza, mi girò verso di lui, ma io non riuscii ad incontrare il suo sguardo. «Non so se posso... stare con voi» dissi, muovendo la mano in direzione della mia casa.

«Essere nostra?»

«Essere debole.»

«Yseult.» La voce di Tristan era decisa; le sue mani mi scostarono i capelli dal viso. «Tu non sei debole. Non sei fragile. Hai lasciato la tua casa; hai affrontato lo stregone. Sei andata avanti pur con la convinzione di aver perso dei poteri che sono stati con te per tutta la tua vita. Hai davvero paura di *questo*?» mi chiese, un dito sotto il mio mento. «Di noi?»

«Io non... non dovrei aver paura di niente. Non provo paura come in questo momento da quando non ero altro che una novizia.»

Tristan inclinò il capo, la sua mano a scivolare sotto i miei capelli, sul mio collo.

«Non sono più una strega» sussurrai. «Non nel modo in cui lo ero prima. Sono...»

«Debole?»

«Senza alcun potere.»

«Per noi, tu ne hai da vendere.»

«No, non capisci... per tutta la vita, ho seguito un addestramento preciso per essere una strega. E adesso non lo sono più. Sono solo una profetessa.»

«*Solo?*» Le sue dita si strinsero lievemente intorno al mio collo. «Sei arrivata da noi, scalza e senza nulla, con addosso soltanto una misera veste. Sei stata presa come prigioniera, e ancora così sei riuscita a salvarci.»

«Sono debole», sussurrai.

«Sei forte abbastanza per essere la nostra compagna. Forte abbastanza da amare... se ne hai voglia.»

Le sue dita scivolarono via dal mio corpo. Si allontanò

da me, e quasi non gli urlai di tornare, non corsi per seguirlo.

«Non forzeremo questa cosa. Ti lasceremo il tuo tempo per pensarci su.»

«Tristan» lo chiamai, e lui si fermò all'entrata. «Per favore, non... non andare.»

«Noi abbiamo fatto la nostra scelta, Milady. Aspetteremo che tu faccia la tua.»

Vorrei poter dire che lo seguii all'istante, spingendolo contro di me e tra le mie braccia, donandomi a lui completamente. Ma la verità è che mi presi il mio tempo, camminando dentro l'acqua, poi restando ferma. Il mio riflesso non era cambiato. Avevo ancora le sembianze di una ragazza nel fiore dei suoi anni. Non sarei mai più tornata una strega, non avrei mai più potuto ripetere il mio addestramento, tornare forte come prima. Sconfiggere lo stregone, stare con le streghe, vivere... da sola. Sarei rimasta una profetessa.

Oppure, avrei potuto essere entrambe le cose. Avevo sempre intrapreso ogni mio cammino da sola; adesso, al mio fianco avevo quattro uomini, pronti ad aiutarmi.

Prendendo un bel respiro, mi costrinsi ad uscire fuori dall'acqua. La veste era attaccata al mio corpo bagnato, i miei piedi nudi, i miei capelli bagnati e attaccati al mio viso; così mi feci strada verso la mia casa. Le voci dei miei uomini rimbombavano lungo le pareti, dandomi il benvenuto. Avevano acceso il fuoco dentro il camino, ed erano seduti tutti insieme attorno ad esso.

Quando entrai nella stanza, tutti gli occhi furono su di me, ed io mi fermai sui miei passi. Magnus era coricato sul tappeto di fronte al camino, Ivar era seduto sul muretto, e aveva in mano un piccolo ramo con cui muoveva la carne che avevano messo sul fuoco. Lars era intento a giocare con una delle sue trecce. Tristan aveva il corpo chino verso il fuoco, una parte del suo viso bagnata dall'oscurità, l'altra dalla luce gettata dalle fiamme. Tutti in attesa di vedermi tornare.

Quattro uomini. Per la Dea, sarei mai stata abbastanza?

Magnus fu il primo a muoversi. «Milady», respirò. Non potei fare altro che restare ferma come una statua mentre lui si avvicinava a me, inginocchiandosi al mio cospetto. Mio da comandare, ed io ero nervosa come una verginella, come una moglie durante la sua prima notte di nozze. Il che era... divertente.

Io ero Yseult. Strega, profetessa, donna. Nessun uomo mi rendeva nervosa—a meno che non fossi io, a permettergliolo.

Sorrisi all'uomo inginocchiato di fronte a me. Lui ricambiò con un sorrisetto, e a malapena aspettò che mi scostassi i capelli dal viso prima di prendere ad alzare la mia veste. Poggiò il viso contro il mio stomaco, muovendolo da un lato all'altro prima di scendere giù, inalando il mio profumo.

Mi mosse con facilità, portandomi sul divano. Io provai a toccarlo, ma invece di farmi sedere, lui divaricò le mie gambe e leccò il mio centro. Il mio corpo si inarcò immediatamente, rispondendo al suo tocco, e la mia bocca si aprì in un gemito silenzioso, le labbra di Lars subito sulle mie. Lui ed Ivar fecero a turno, reclamandole mentre Magnus si muoveva giù, le loro mani sui miei seni fino a quando non urlai di piacere. I due si spostarono quando Magnus si alzò in piedi, posizionandosi al centro, in mezzo alle mie gambe, prima di spingersi dentro di me con violenza. Tremai, presa dal piacere mentre lui continuava a muovere i fianchi, penetrandomi con forza, portandomi in Paradiso. Quando si ritenne soddisfatto e si tirò fuori, Ivar e Lars mi presero insieme, con violenza e sicurezza, uno dietro, l'altro davanti.

Lars portò le mani tra i miei capelli mentre io leccavo il suo membro.

Si lasciarono andare dentro di me insieme, ed io restai ferma sul bordo del divano, a corto d'aria. Tristan era rimasto ad aspettare vicino al camino.

Mettendomi a quattro zampe, trotterellai verso di lui. In ginocchio ai suoi piedi, poggiai le mani sulle sue gambe e alzai il viso, inarcando la schiena, offrendo il mio corpo a lui.

«Prendimi», respirai. «Sono tua.»

Le sue mani mi circondarono le guance con estrema delicatezza. Io chiusi gli occhi, muovendo il viso contro le sue mani, le sue dita sopra i suoi vestiti, per toglierli. Portai le dita intorno al suo cazzo spesso e duro, con l'acquolina in bocca. Aspettai che fosse lui a premerlo contro le mie labbra, poi lo leccai, lo succhiai, il mio corpo desideroso di dargli piacere.

Troppo in fretta, le sue mani mi presero dal viso un'altra volta per portarmi su, lasciando un bacio sulla mia fronte prima di posizionarmi sul suo grembo e penetrarmi così. Strinsi le gambe con forza intorno ai suoi fianchi, avvicinandolo quanto più possibile a me mentre lui continuava a muoversi all'interno. Le sue mani forti e ruvide strinsero le mie natiche, ed io lo strinsi con altrettanta forza, le braccia intorno al suo collo e le mie pareti interne a stringere il suo membro.

Era mio; lo erano tutti e quattro. Li avrei tenuti con me, e non li avrei mai lasciati andare.

Con un tremito si lasciò andare dentro di me, poi mi gettò con delicatezza sul divano. Io risi, e lo baciai, e poi tirai a me Ivar e feci lo stesso con lui.

Lars si unì a me sul divano e prese a stuzzicarmi.

«Tienici con te, Yseult» mi sussurrò lui. «Ti renderemo

così felice. Ti proteggeremo e ti faremo stare bene, ti faremo sentire sempre forte e bellissima. Non mandarci via.»

«Mai», sussurrai con forza. «Siete il mio cuore.»

E poi risi, e risi, e risi quando lui prese a baciarmi, facendomi il solletico con la sua barba bionda.

Tristan si avvicinò a me con un panno bagnato, ed io gli scoccai un sorrisetto quando prese a ripulirmi.

«E ora che facciamo?» chiesi io, sentendomi riposata e felice come mai prima nella mia vita.

«Qualsiasi cosa vogliamo.» Lars poggiò una mano sul mio seno sinistro mentre Ivar allungava la sua per prendere il dentro, giocandoci con leggerezza.

Magnus era in piedi dietro di me, gli occhi sul mio corpo nudo, la mano sul suo membro.

Vidi la sua fronte aggrottarsi in maniera tenerissima.

«Un attimo» disse, pensieroso e confuso. «Quand'è che arriva il mio turno, di averla da solo?»

NOTA DELL'AUTRICE

Alle mie amiche autrici—le autrici del Not RH Golden Angel, Aubrey Cara, Miranda Martin, Renee Rose, Ava Sinclair, Rebel West e Lili Zander. Vi siete guadagnate quel piercing al capezzolo! Un grazie enorme a Miranda, ovvero La Mamma Che Ama I Libri, per il favoloso lavoro di editing last-minute che ha fatto su questo libro.

E a tutti i lettori e fan del Goddess Group, insieme a tutti coloro che hanno comprato questo libro. Un grandissimo bacio!

Grazie per aver letto le mie storie. –Lee

LIBRO GRATUITO

<u>Allevata dai Berserker</u> (solo per i fan più accaniti sulla lista
e-mail di Lee=)
Clicca qui per cominciare
https://geni.us/BredBerserkersIT

LA SAGA DEI BERSERKER

Per più di un secolo, i guerrieri Berserker hanno combattuto e ucciso per i re. Ma c'è un solo nemico che non possono sconfiggere: la bestia dentro di sé.

Posseduta dai Berserker – Fern, Dagg & Svein

Domata dai Berserker — Sorrel, Thorsteinn & Vik

Comandata dai Berserker — Juliet, Jarl & Fenrir

SULL'AUTRICE

Lee Savino ha in programma di conquistare il mondo, ma quasi ogni giorno le capita di non trovare le chiavi o il telefono, così rimane a casa a scrivere romance "smexy" (smart + sexy). Adora il cioccolato, indossa sempre pantaloni da yoga e sta benissimo con i cappelli.

Se vuoi un po' di sano divertimento, unisciti al suo gruppo di dee (Goddess Group) su Facebook o visita il sito www. leesavino.com per iscriverti alla newsletter e ricevere un libro in omaggio.

Sito Web: www.leesavino.com
    Goddess Group su Facebook:
    https://www.facebook.com/groups/LeeSavino/

 Creato con Vellum

www.ingramcontent.com/pod-product-compliance
Lightning Source LLC
Chambersburg PA
CBHW020908180626
46816CB00007BA/2293